고마워, 캠핑

아이를, 남편을, 나를 바꿔준
우리 가족 힐링 캠핑

고마워, 캠핑

조윤주 지음

앨리스

차례

캠핑으로 자 라 는 아 이

캠 핑 으 로 자 라 는 가 족

캠 핑 으 로 자 라 는 엄 마

캠핑이 어느새

　그해 우리 가족은 확실히 위태로웠다. 결혼 10년 차, 있어도 모르는 척, 없다면 더 의심스러운, 어느 가족이나 갖고 있는 작은 균열들이 사이다 기포처럼 톡톡 터지면서 서서히, 그러다가 한순간 소용돌이치며 표면으로 올라오기 시작한 것이다. 그때 엄마를 떠나보내야 했던 나는 내내 슬프고 아팠다. 위로가 필요했다. 하지만 자칭 대한민국에서 가장 바쁜 회사, 가장 바쁜 부서, 가장 일 많은 직급이었던 남편은 밤낮없이 일해야 했고, 피곤해했다. 우리는 누가 더 힘든지 시합을 하고 있는 것 같았다. 서로 "내가 더 힘들어, 당신이 좀 참아봐" 하고 볼멘소리를 해댔다. 철없는 엄마와 아빠 사이를 오가면서 밝았던 아이들이 자꾸만 움츠러들었다.

　그 와중에 캠핑이라니, 황당했다. 나는 끝까지 버티고 싶었지만 남편은 집요했다. 밤마다 집으로 사부작사부작 무언가를 가져오더니, 마침내 캠핑 장비들이 산을 이뤘다. 도저히 거부할 수 없는 상황이 닥치자, 결론을 내려야 했다. 그래, 주말마다 집에서 리모컨 싸움이나 하는 것

보단 나을 테고, 언제나 고민이었던 아이들 일기 주제도 생길 테니 한 번 가보자. 그렇게 첫 캠핑을 떠났다.

그로부터 만 3년, 우리는 특별한 일이 없으면 주말마다 캠핑을 떠난다. 남편이 게으름을 부리면 내가 먼저 옆구리 쿡쿡 찌르며 발걸음을 재촉한다. 바람 소리, 새소리, 수풀 내음 가득한 포근한 자연을 집으로 삼으니, 피곤에 찌든 샐러리맨은 듬직한 가장으로 돌아왔다. 어미 잃은 새처럼 무기력에 시달렸던 나는 스스로를 찬찬히 되돌아볼 수 있었다. 무엇보다 아이들이 달라졌다. 가족이 함께 뒹굴고 자연 속에서 맘껏 뛰노니 봄 만난 꽃봉오리처럼 생기를 띠며 피어났다. 밤마다 모닥불 앞에 둘러앉아 속마음을 털어놓았고, 진솔했던 그 순간들은 별빛보다 반짝이며 가슴에 새겨졌다. 우리 가족은 조금씩 변해갔다. 자연 속에서 즐기며 건강해졌고, 좁은 텐트 안에서 부대끼며 서로를 받아들여줄 품은 더욱 넓어졌다.

봄에는 봄다운, 여름에는 여름다운, 지극히 아름다운 계절을 직접 살아보니, 사람 보는 눈에도 여유가 생겼다. 우리 마음속 희로애락 역시 사계절처럼 저마다 존재의 이유를 가진 소중한 것임을 알게 되었다. 가장 놀라운 것은 자연 속에서 누리는 놀이와 휴식이 우리 가족을 치유해주었다는 점이다. 그 과정은 가족 관계를 회복하기 위해 읽었던 여러 심리서의 내용과 맞닿아 있었다. 어릴 적부터 마음 공부를 하고 싶었던 나로서는 책 속의 글자들이 살아서 꽃을 피우고, 열매 맺는 것을 캠핑장에서 직접 체험한 셈이다. 고마운 시간이었다.

캠핑 장비의 쓰임을 줄줄이 꿰고, 베스트 캠핑장을 추천할 수 있는 전문가였다면 더 좋았겠지만, 아쉽게도 그건 내 영역이 아니다. 그저 자유롭고 편안하게, 자연 속에 지은 집에서 뒹굴고 뛰노는 일이 나와 내 가족을 어떻게 성장시켰고, 행복하게 만들었는지, 진솔하게 나눠보고 싶을 뿐이다. 그러기 위해선 나의 개인적인 상처와 부족함을 드러낼 수밖에 없다는 것이 솔직히 망설여지기도 했다. 하지만 '결핍'을 정면으로 바라보고 인정할 때 앞으로 나아갈 힘이 생긴다는 것을 캠핑을 통해 자연을 스승 삼아 배웠으니 용기를 내어본다.

사진으로 소중한 추억을 나누어주신 우리 가족의 다정한 친구들, 혜이길, 우리사진관 박두경 실장님, 박지훈, 도준호, 석장군, 이지민 님께 깊은 고마움을 전한다. '가르치기보다 함께 즐길 때 창의성과 삶의 에너지가 넘친다'라는 것을 깨닫게 해준 '함께성장연구소'의 정예서 선생님께도 감사를 전한다. 덕분에 여기까지 올 수 있었다. 그리고 오늘도 여전히 집을 떠나 놀고 느끼며 성장해가고 있는 소중한 가족, 훈이 오빠와 헌, 은우. 언제나 응원해주니 태산같이 큰 힘이 되었다. 또한, 별이 되어 우리를 지켜주시는 나의 어머니 정순자 님께 무한한 존경과 감사를 전하며, 더욱 힘껏 사랑하며, 사랑하며, 사랑하며, 살 것을 다짐해본다.

이 책을 통해 오늘도 콘크리트 숲에서 수고로운 하루를 보내고 피곤한 몸을 누였을 당신에게, 진짜 숲의 기운이 전해지기를. 또 매일매일 자라는 아이들과 친구가 되고 싶은 우리 모두에게 자연 속에서 함께 뒹구는 즐거움이 닿을 수 있기를 소망하며.

2014년 여름
조윤주

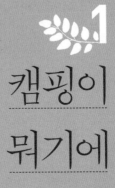

캠핑이
뭐기에

엉망진창, 첫 캠핑

"아, 이거로구나. 그제야 깨달음과 뿌듯함이 몰려왔다.
나는 첫 캠핑이 피곤하고 버거웠지만,
아이들은 하룻밤 사이 새로운 경험을 양분 삼아 성큼 자라 있었다."

첫 캠핑을 가기 전날 밤, 대학 때 첫 MT를 떠나기 전날처럼 설렜다. 벌써 20년이나 지난 일이지만, 아직 덜 여문 새파란 청춘들이 쌀과 보리처럼 섞여 밤을 보내던 그 시절의 두근거림을 다시 느껴보고 싶었다. 그때처럼 유치한 게임을 하면서 뛰어다니거나, 코펠과 버너를 펼쳐 잡탕찌개를 끓여 먹는 재미도 누리리라 생각했다. 밤의 주인공 캠프파이어는 또 어떤가. 별빛을 받으며 오순도순 모여 앉아 그동안 못 마셨던 술도 홀랑홀랑 받아먹으며, 알딸딸한 상태에서 스무 살 시절처럼 낭만을 누려보리라. 겨우내 집에서 나를 볶아대던 아이들에게도 좋은 시간이 되리라는 기대감도 컸다. 하루 종일 칭얼대던 아이들도 너른 자연에 풀어놓으면 씩씩하게 논다고들 하니 말이다. 숲 속 유치원이다 뭐다 자연교육이 대세라던데, 캠핑장을 휘젓고 다닐 아이들을 상상하자 벌써 좋은 엄마가 된 듯 어깨가 으쓱해졌다.

자신도 있었다. 내가 자료 조사로는 둘째라면 서러운 방송작가 출신 아닌가. 준비는 완벽하게 했다고 생각했다. 인터넷 검색을 거듭하며 온갖 준비물과 장소를 꼼꼼하게 따져 선택과 결정을 반복했다. 남편은 더 주도면밀했다. 아이들이 한 번 가보고 다시는 안 가겠다 하면, 베란다에 쌓아둔 장비들은 무용지물이 될 테니 말이다. 그는 우선 장비 사용법을 숙지하고, 동영상을 찾아보며 텐트 치는 기술을 익히고, 각종 블로그를 뒤져 텐트를 칠 '사이트'의 구축 각도를 연구했다. '이 열정이라면, 수능도 다시 한 번'이라는 생각이 들 정도로 열심히 공부했다.

준비물 목록도 작성해 하나하나 체크하며 짐을 쌌다. 봄이라고는 하나 아직 밤바람이 매서우니 아이들 방한복과 침낭, 난로, 전기장판, 핫 팩부터 챙겼다. 2박 3일, 적어도 다섯 끼 이상은 식사를 해야 하니, 게다가 야외에서는 입맛도 좋아진다니, 쌀과 고기며 간식까지 식료품도 넉넉하게 준비했다. 새로 산 장비들의 비닐 포장을 하나하나 벗기며 이것들이 우리를 얼마나 즐겁게 해줄지 상상만 해도 좋았다.

출발 당일, 우리는 정성껏 챙긴 장비와 준비물을 차에 싣기 시작했다. 여기저기서 추천받고 조사해서 중고로 장만한 거실형 텐트부터, 릴렉스 의자, 화로대, 식탁, 침낭, 코펠, 매트, 랜턴, 난로, 침낭, 옷가방에 식료품 가방까지, 그 많은 짐을 들고 주차장으로 내려갔으나 아뿔싸, 도저히 승용차에는 다 넣을 수가 없었다. 트렁크 바닥에 있던 스페어타이어를 빼내고 공간을 만들어, 테트리스 게임이라도 하듯이 빈 공간과 짐의 사이즈를 맞춰 넣었다 빼기를 서너 번. 꼭 필요한 것들만 추리고 추려도 자동차의 뒷좌석까지 짐들이 점령해버렸다.

짐 싣는 데 예상보다 긴 시간을 허비하고, 짐들 사이에 사람이 낀 모양새로 가까스로 출발했다. 자리가 좁았지만, 차가 막혔지만, 배가 고팠지만, 그 와중에 길 헤매는 남편이 답답했지만, 참고 참다가 드디어 캠핑장에 도착했다. 옹기종기 모여 있는 텐트들이 한가로워 보였다. 우선 텐트 칠 준비부터 했다. 남편이 텐트 치는 법을 완벽하게 익혔다고 큰소리쳤으니, 얼른 끝내고 맛있게 밥을 해 먹을 작정이었다. 자신 있게 폴대부터 찾아서 착착착 조립했다. 이제 이 기다란 막대들을 텐트에 끼워 세우기만 하면 완성이다. 아이들은 기대에 차서 초롱초롱한 눈망울로 쳐다보는데, 남편의 눈빛이 흔들렸다. 텐트 폴대를 어디로 넣고 빼내야 하는지 헷갈린다는 것이다. 또 막상 펼쳐보니 동영상으로 보았던 모양

30분이면 끝날 줄 알았지만, 텐트는 좀처럼 제 모습을 보여주지 않았다.
결국 옆자리 캠퍼들의 도움을 받아야 했다.

과 다르다고 했다. 설명서도 두고 왔다고 했다. 오 마이 갓!

멋지게 텐트를 치겠다는 남편의 계획은 순식간에 무너졌다. 결국 온 가족이 나서서 휴대폰으로 텐트 설치 동영상을 다시 찾아 폴대 하나 끼고 잡아주면, 다시 모양을 확인하고, 텐트 자리를 잡고 다시 확인하는 과정을 반복했다. 30분이면 칠 줄 알았던 텐트가 한 시간이 넘도록 자리를 잡지 못하자 아이들은 배고프다고 보채기 시작했다. 결국 보다 못한 옆 텐트 사람들까지 나서서 도와줘 가까스로 텐트가 모습을 갖출 수 있었다.

이틀 밤을 자야 하는 집을 정비하는 일은 생각보다 어려웠다. 텐트 안에 시트와 장판을 깔고, 장비들을 꺼내 정리하는 일도 몸에 익지 않아 서툴렀다. 몇 번씩 차를 오가며 식탁이며 의자, 코펠, 버너를 꺼내 정리하고 나니 벌써 피곤했다. 점심 메뉴로는 백숙을 하려고 야심차게 준비해왔지만, 손끝 하나 움직이기 싫어서 라면으로 때웠다. 곧 저녁이 오고, 여기저기서 음식 냄새가 솔솔 풍겨왔다. 남편은 바비큐로 실수를 만회하려 했지만 불 피우는 것 역시 만만치 않았다. 토치를 동원해 겨우 불을 붙인 다음, 모닥불을 바라보며 이제야 캠핑 흉내라도 내나 싶었는데, 생각지도 못한 복병이 나타났다.

불과 1미터도 안 떨어진 옆 텐트에 연인인 듯한 젊은 남녀 두 쌍이 왔는데, 술에 취해 헤어지네 마네 다툼이 생긴 것이다. 건배를 주고받으며 떠들다가 남자 A가 수가 틀려 "이래서 내가 너랑 헤어진다는 거야" 하면, 여자 A는 흐느끼고, 여자 B가 "넌 뭐가 잘나서 애를 울리냐?" 하고 언성을 높이면 남자 B가 "넌 빠져!"라며 소리치는 패턴이었다. 그렇게 마시다 싸우기를 반복하더니, 급기야 한 여자는 자갈을 맨발로 밟았다가 발을 다쳐 엉엉 울고, 남자는 텐트 안에 구토를 하며 소동은 정점으로 치달았다. 캠핑장 주인이 말려도 수습은 이미 불가능했다. 첫 캠핑의 평화로운 밤은 그렇게 저 멀리 달아나버렸다.

다음 날 아침, 그들은 창피했는지 해가 뜨기도 전에 줄행랑을 쳤다. 그래도 자연 속에서 맞는 새벽이 제법 상쾌하구나 싶었던 찰나, 당황스런 소식이 전해졌다. 합류하기로 했던 남편 친구 부부가 심하게 다퉈 아빠와 남매 둘만 오고 있다는 것이었다. 졸지에 나는 열 살, 여덟 살, 일곱 살, 다섯 살 네 아이의 엄마 노릇을 해야 하는 상황에 처했다.

첫 캠핑에 어린아이 넷을 돌보는 것은 쉬운 일이 아니었다. 아이들은 마구잡이로 뛰어다니다 텐트 줄에 걸려 넘어지고, 소변을 지리고, 코피를 흘렸다. "니가 왕이냐, 해먹을 너만 타게?" 싸움과 고자질이 난무하고, 삼겹살을 구워 먹을 때도 "엄마, 나는 참기름" "나는 쌈장" "이모, 저는 깻잎 싸서 주세요" "열 살은 콜라 먹는데 일곱 살은 왜 안 돼요?" 사방에서 들려오는 재잘거림에 정신이 없었다. 마지막엔 소나기까지 들이쳤다.

캠핑을 끝내고 집에 돌아온 우리는 모두 파김치 상태였다. 하지만 주부는 쉴 수 없다. 그 많은 짐들을 정리하고, 남은 식재료들로 볶음밥을 만들어 아이들 저녁 먹인 다음에야 겨우 숨을 돌릴 수 있었다. 사흘 동안 10년은 늙은 것처럼 온몸이 뻐근했다. '이게 웬 사서 고생인가, 다시는 가지 말아야지' 이런 다짐을 하고 있는데, 큰아이가 일기를 썼다면서 보여주러 왔다.

"우리 가족의 첫 캠핑. 정말 재밌는 일이 많았다.

내가 꼭 모험가가 된 것 같았다.

고생하신 엄마 아빠께 감사드린다.

이상한 아줌마 아저씨들이 있었는데

어디서나 매너를 잘 지켜야 한다는 것을 배웠다."

따라쟁이 작은 녀석도 "엄마 나도 일기 썼어" 하면서 삐뚤빼뚤한 글씨를 내밀었다.

"처음 캠핑을 가다.

정말로 재미써따.

해머기 조타.

자주자주 또 가고 십다."

아, 이거로구나. 그제야 깨달음과 뿌듯함이 몰려왔다. 나는 첫 캠핑이 피곤하고 버거웠지만, 아이들은 하룻밤 사이 새로운 경험을 양분 삼아 성큼 자라 있었다. 시작은 서툴고 어설펐지만, 몸으로 부딪치면서 차근차근 알아가는 묘미도 있었다. 게다가 우리 부부가 무언가를 함께 하는 것이 얼마 만이던가. 같이 고민하고, 같이 해결책을 찾아나가는 즐거움, 낭만과 고생 사이를 오가는 것이 이토록 살아 있음을 생생하게 느끼게 해줄 줄은 몰랐다.

그 많은 짐들을 쌌다가 풀었다가 하는 것, 멀쩡한 집 놔두고 찬 바닥에서 자는 것, 각종 벌레들의 습격과 덥고 춥고 바람 부는 변덕스러운 날씨에 소나기까지. 쉬운 것은 하나도 없지만 다음엔 어떤 일들이 펼쳐

질지 궁금했다. 가족들이 함께 머리를 맞대고 눈앞의 상황을 헤쳐 나간다는 것은 어떤 느낌일까? 이런 호기심이 결국 또다시 과감하게 발걸음을 내딛게 했다. 어젯밤의 불빛이 마법의 램프처럼 우리를 캠핑장으로 이끌었다.

대화가 달라지다

"꼭 움켜쥐고 있던 풍선 줄을 놓아주듯,
어항 속 물고기를 냇가에 풀어놓듯,
캠핑장으로 나가니 아이들이 조잘조잘 이야기를 내놓는다.
어른들은 종알거리는 그 소리에 귀를 기울이기만 하면 된다.
그 작은 구슬들이 저절로 꿰여 시가 될 테니 말이다."

주말, 집에 있을 때 우리 가족의 대화는 대부분 이런 식이었다.

"엄마, 오늘 점심 뭐 먹어요?"
"반찬도 없는데 마트 가서 먹고 오자."

"아빠 「개그콘서트」 재방송하는데 보면 안 돼요?"
"이건 꼭 봐야 하는 경기야. 조금만 기다려."

"아들아, 숙제는 다 했니?"
"이번 판만 깨고 할게요. 정말이에요. 10분도 안 걸려요."

"여보, 소파에서 자지 말고 방에 들어가서 자요!"
"나, 지금 자는 거 아냐. 그냥 쉬는 거야. 신경 쓰지 마."

캠핑장에 가면 사뭇 달라진다.

"엄마, 여기 매미가 탈피하는 것 같아요. 와, 신기하다.
껍질은 많이 봤지만, 매미가 들어 있는 건 처음 봐요.
매미가 숨어 있던 구멍은 어디일까?
그런데, 매미가 몇 년 동안 땅속에서 사는 줄 아세요?"
"몇 년이라 그랬지? 책 좀 잘 읽어둘걸. 폰으로 찾아봐야겠다."

"세상에! 매미는 땅속에서 유충으로 7년을 산대요.

그러면, 얘가 나보다 나이가 많을 수도 있겠다.

그러고선 딱 이주일 동안 나무에서 매미로 사는 거래요.

너무 억울할 것 같다. 앞으론 크게 울어도 좀 봐줘야지."

"아빠, 이 꽃은 진달래예요? 철쭉이에요?

나 「진달래꽃」 노래 알아요.

'나 보기가 역겨워 가실 때에는 말없이 고이 보내 드리오리다.

영변의 약산 진달래꽃 아름 따다 가실 길에 뿌리오리다.'

근데 아빠, '아름 따다'가 뭐예요?

꽃을 그렇게 많이 따도 괜찮아요?

맞다. 예전에는 진달래꽃으로 전도 해 먹었다면서요.

뜨거울 텐데, 꽃들이 아프지 않을까?

진달래 전은 맛있어요?"

캠핑장에선 이처럼 아이들과 온갖 주제로 다양한 대화를 나누게 된다. 깊이도 달라진다. 길에 널브러진 다친 개구리를 어떻게 어디로 옮겨주는 것이 안전한지, 올챙이를 잡아 페트병에 넣을 때 어떻게 하면 숨 쉬기 편하게 해줄 수 있을지 등을 주제로 온 가족이 머리를 맞대고 열띤 토론을 벌인다. 한 가지 특이한 점은 아이들이 감정 표현은 주로 엄마에게 하지만, 궁금한 것은 아빠에게 묻는다는

것이다.

"아빠, 저 나비 두 마리가 지금 사랑에 빠진 것 같아요.
잡기 놀이 하는 것처럼 한 마리가 계속 쫓아다녀요.
어? 이제 짝짓기 하려나 봐.
쟤네는 엉덩이로 뽀뽀를 하네?
지금 남자 나비가 여자 나비한테 아기 씨앗을 주고 있는 거죠?
그런데 남자 나비는 아기 씨앗을 어떻게 흘리지 않고 여자 나비 몸속
에 넣어줘요?"

　일곱 살짜리 딸내미의 질문에 당황한 아빠는 일단 "쟤네 부끄럽겠
다" 하고 얼버무리며 자리를 피했지만, 집에 돌아와서도 대화는 계속
이어졌다. 아이는 아빠 무릎에 앉아 자연관찰 책을 펼쳐보고, 곤충의
생애에 관한 다큐멘터리를 찾아보며 이야기에 살을 붙여갔다.

"아빠, 어떤 나비는 좋아하는 나비를 찾기 위해서 100킬로미터를 날아다닌대요.

100킬로미터면 얼마만큼이에요?

나비는 또 1초에 스무 번이나 날개를 파닥거린대요. 엄청 빠르다.

100킬로미터를 가려면 도대체 날개를 몇 번 파닥거려야 되는 거예요? 만 번? 억 번? 무한대?

나도 엄마 아빠를 엄청 사랑하니까, 100킬로미터 정도는 찾아서 갈 수 있어요."

정처 없이 먼 길을 날아다니는 나비에게도, 7년을 기다려 고작 한 철을 우렁차게 우는 매미에게도, 줄을 쳐놓고 가만히 먹잇감이 걸리기를 기다리는 거미에게도 제각각 신비한 삶과 그렇게 살아가는 이유가 있다는 것을 아이는 대화와 체험을 통해 조금씩 깨달아간다. 관찰을 재미로 승화시키고, 부족함은 상상력으로 채우는 어여쁜 조잘거림.

우리 가족이 같이 있어도 제대로 대화를 나누지 못했던 것은 모든 것에 심드렁했기 때문이다. 매일 생활하는 공간에선 특별히 신기한 것도 궁금한 것도 생기지 않는다. 집에서 벗어나 꼭 움켜쥐고 있던 풍선 줄을 놓아주듯, 어항 속 물고기를 냇가에 풀어놓듯, 캠핑장으로 나가니 아이들이 조잘조잘 이야기를 내놓는다. 어른들은 종알거리는 그 소리에 귀를 기울이기만 하면 된다. 그 작은 구슬들이 저절로 꿰여 시가 될 테니 말이다.

아빠가 돌아왔다

"아들에게는 캠핑을 데리고 가고, 잔디 위에서 뒹굴며 씨름을 할 수 있는 아버지,
세상일이 어떻게 돌아가고 있는지 가르쳐주고,
자기 손으로 물건을 고치는 법을 가르쳐주는 그런 아버지가 필요하다."
_『아들에게 아빠가 필요한 100가지 이유』*에서

* 그레고리 E. 랭, 이혜경 옮김, 나무생각, 2004

아빠가 돌아왔다!

아침에 사라졌다가 밤늦게 나타나서 술 냄새 풍기며 아이들을 깨워대고, 주중에는 바쁘니 주말에는 자야 한다며 소파에 늘어져 있는, 자기는 안 하면서 "방 치워라, 운동해라" 잔소리만 하는, 그러면서 가족들이 조금 무심하다 싶으면 "내가 돈 벌어다주는 기계냐"라며 토라지는, 그런 아빠가 아니다. 가족을 위해 뚝딱뚝딱 보금자리를 만들고, 위험에서 아이들을 보호하고, 소박하지만 요리도 척척, 풀밭에서 뒹굴며 놀아주고, 모닥불 앞에서 이런저런 이야기를 해주는, 그런 아빠가 돌아왔다.

사실 아빠는 언제나 바빴고 그래야만 살아남을 수 있다고 믿어왔다. 밤낮없이 열심히 일하는 것만이 가족을 위한 최선이라고 여겼다. 그래서 힘든 경쟁에 치이며 스트레스를 감수해왔다. 하지만 가족들은 이해하지 못하는 것 같았다. 아내와 아이들은 자기들끼리만 친해 보였고, 아빠가 끼어들 자리는 점점 좁아졌다. 집에서도 아빠에겐 마음 편히 쉴 자리 하나 없었다. 아파트는 온전히 엄마의 공간이었다. 여자와 아이들 위주로 설계되고 꾸며진 그곳에서 아빠는 거실에서도 안방에서도 손님처럼 어색했다. 주인이 되어 할 수 있는 일이 없기에 멍하니 누워 TV만 봤다. 시들시들 생기를 잃어갔다.

"그러고 있지 말고, 애들이랑 좀 놀아줘요!"

아내의 볼멘소리가 아니더라도 아빠 역시 불안했다. 친구 같은 아빠가 대세라는데, 대체 어떻게 해야 하는지 배운 적이 없었다. 이러다가 아빠도, 자신의 아빠처럼 되는 것은 아닐까 걱정됐다. 아이들이 아직 아빠를 원할 때, 한 걸음 더 다가서야 할 것 같았다. 더불어 스스로도 숨통이 좀 트였으면 했다. 혹독한 스트레스로부터, 갑갑한 아파트로부터.

가족들에게 아빠의 다른 모습을 보여줄 수 있는 공간이 필요했다. 경제적인 것보다 더 중요한 것, 이를테면 한 번도 제대로 말해본 적 없는 꿈, 소소하지만 소중한 가족의 추억 같은 것을 나누고 싶었다.

그런 아빠에게 캠핑은 더할 나위 없이 좋은 기회였다. 우선 자연에 집을 짓는 일이 흥미로웠다. 계절에 따라 지형지물을 살피고 해의 방향을 가늠해 위치를 잡아 땀을 흘리며 텐트를 쳐놓으면, "와~! 우리 집이다! 멋지다"라며 아이들은 환호했다. 아빠 손으로 가족의 보금자리를 만들고, 안전하게 지키는 일은 확실하게 가장으로서 성취감을 느끼게 해주었다. 아빠는 아이들이 넘어지지 않도록 땅속 깊이 팩을 박고, 어둠을 밝히기 위해 램프를 켜고, 정성껏 모닥불을 피워 음식을 만들었다. 가족들은 점차 아빠의 존재를 든든하게 여기기 시작했다.

어떤 날은 고기를 까맣게 태웠고, 비 내리는 날 배수로를 잘못 파서 텐트가 물침대가 되기도 했다. 망치질을 잘못해서 텐트가 찢어지기도 했다. 크고 작은 실수를 그대로 내보이자, 아이들은 아빠를 더욱 친근하게 대했다. 팩을 박다가 손가락을 다치자 고사리손으로 꽁꽁 밴드를 싸매주곤, 아빠는 쉬라며 나머지는 저희들이 하겠다며 나서던 아이들의 모습은 감동적이었다. 완벽하지 않아도 충분히 사랑하고 사랑받을 수 있다는 것을 알게 되었다. 아빠의 어깨는 한결 가벼워졌다.

좁은 텐트 안에서 두런두런 종알종알 이야기를 나누는 것도 행복했다. 장난인 듯 농담인 듯 이어지는 수다 속에 진심과 위로와 사랑이 가

좁은 텐트 안에서 두런두런 종알종알 이야기를 나누는 것도 행복했다.
장난인 듯 농담인 듯 이어지는 수다 속에 진심과 위로와 사랑이 가득했다.
아빠의 어깨는 한결 가벼워졌다.

득했다. 굳이 품을 들여 놀아주지 않아도, 함께 낄낄대며 실없는 대화를 하는 것만으로도 아이들은 아빠에게 마음을 열었다. 그러면서 알게 되었다. 아이들이 아빠에게 원하는 것은 거창한 것이 아니라, 가족이라는 이름으로 함께하는 시간과 역사, 그 속에 스며든 온기라는 것을. 깊은 밤 화장실에 가기 귀찮아 숲 속에 노상방뇨를 하며 부자끼리 나눈 비밀 얘기나, 포도밭에서 벌에 쏘여 응급실로 달려가 두 손 맞잡고 무사하길 기도했던 애절함 같은 것. 같이 공감하고, 즐거워하고, 아파하고, 기대하고, 고마워하고, 반가워하고, 원망하고, 미안해하고, 슬퍼하는, 그 모든 시간이 우리 가족만의 이야기로 쌓여갔다.

　"아, 냄새~!"
　"좁은 텐트 안에서, 누구야?"
　"아빠는 절대 아니야. 그리고 아빠 방귀는 냄새 안 나는 거 몰라?"
　"엄마도 아냐. 혹시 너 아냐?"
　"이제부터 범인 찾기에 들어갑니다! 모두 엉덩이를 들어보세요!"

　아들 녀석이 가족들의 엉덩이에 코를 대고 콧구멍을 벌름거리며 셜록 홈스인 양 심각한 표정을 짓는다. 곧 두 녀석이 깔깔거리며 아빠를 쓰러뜨리고, 움직이지 못하게 두 손을 결박한다. 아빠의 엉덩이에 코를 박고 킁킁거린다.
　"아빠가 범인이네! 아빠 방귀 냄새 정말 짱이다!"
　땀내와 체취가 섞인 정체불명의 고릿한 냄새에 얼굴을 찡그리면서도 웃고 좋아하는 아이들이라니. 타인과는 나눌 수 없는 것들도 유쾌하게 나눌 수 있는 친밀한 존재, 가족. 은밀한 순간이 추억이 되고 사소하거나 부끄러운 것에도 웃을 수 있는 행복. 하루아침에 얻은 행복은 아니었다. 정말로 많은 시간, 아빠라는 역할이 부담스러웠지만 그 무게를 견디고, 생활의 노동을 감당하고, 익숙한 권태를 뿌리치고, 아이들에게 한 발짝 먼저 다가서자 비로소 충만한 순간이 찾아왔다. 그렇게, 아빠는 돌아왔다. 가족을 지키는 든든한 울타리이자, 시간과 마음을 나누며 생의 오솔길을 함께 걸어가는 동반자로서 말이다.

밤과 다시 손을 맞잡고

"가족관계는 아주 조금씩 피어나는 꽃봉오리,
혹은 서서히 신비를 드러내기 시작한 우주와도 같다.
그것은 사랑, 타이밍, 탐색을 통해 이루어진다.
당신과 상대방 안에 잠자고 있는 어린아이의 본성에 감사하라.
특히 가정에서는 각자의 내면에 있는 아이가 마음껏 뛰어놀게 하라.
아이들만 즐거워야 한다는 법은 없다. 함께 웃고 떠드는 시간은
가족 모두의 긍정적인 유대감 형성에 도움이 된다."

_ 『가족 힐링』*에서

* 버지니아 사티어, 강유리 옮김, 푸른육아, 2012

방송작가 시절, 깊은 밤은 천 개의 눈을 가진 검은 얼굴 같았다. 가만히 숨죽이고 바라보면 수많은 눈들이 저마다 빛을 발했다. 같은 책을 읽어도 해가 지면 새삼스레 감동이 물결쳤다. 낮에는 도저히 쓸 수 없던 글이 밤이면 순식간에 써지는 초능력이 솟아나기도 했다. 밤이 되면 스스로가 어쩐지 한 발자국 더 진화한 인간같이 느껴지기도 했다.

결혼을 하고, 아이를 낳고, 주부이자 엄마로 살면서 밤의 시간은 온데간데없이 사라져버렸다. 밤이란 그저 내일 아침 국거리를 준비해야 하는, 아이들 숙제와 준비물을 살피고 양치를 시키느라 잔소리하는, 술에 취해 돌아온 남편 뒤치다꺼리하는 것이 귀찮아 자는 척하는 시간일 뿐이었다.

물론 아이들을 재운 다음 책도 읽고, 글도 쓰고, 부부끼리 오붓하게 대화를 나누며 밤의 역사를 새로 써나갈 수도 있다. 그러나 하루 종일 살림하고 애들 쫓아다니다 보면 도무지 그럴 수가 없다. 나이는 눈꺼풀로 먹는지, 드라마만 끝나면 눈이 절로 감기는 통에 아까운 밤을 흘려보내기 일쑤였다. 그 많던 꿈들이, 오감으로 느꼈던 열정과 감성이 다 사라진 것이다. 나를 들여다볼 시간도, 인생이란 무엇인지 고민할 여유도, 어떻게 늙어갈 것인가를 계획할 열의도 없이 밤은 무심히 흘러갔다.

모든 게 어설프고 힘들었던 첫 캠핑에서 유일하게 좋았던 순간은 밤이었다. 파란 하늘이 붉은 옷으로 갈아입고, 점차 검은 어둠을 드리우는 순간, 어쩌면 이곳에서 그동안 흘려보냈던 밤과 다시 손을 맞잡을 수 있겠구나 싶었다.

까만 하늘에 초롱초롱한 별들이 나타나기 시작하면, 텐트 앞에는 저마다의 마음처럼 반짝이는 호롱불이 내걸린다. 거기에 타닥타닥 모닥불이 타오르고, 밥 짓는 냄새가 모락모락 나면 어린 시절 동네 골목길에서 그랬던 것처럼, 구석구석 흩어져 놀던 아이들이 제집을 찾아간다. 텐트마다 맛있는 냄새와 아이들이 재잘대는 소리가 흘러나온다. 하늘을 올려다보면 새하얀 달이 싱긋 미소를 짓고, 비밀신호라도 보내듯 밤하늘에 박힌 별들이 반짝인다. 캠핑장에는 텐트마다 환히 밝힌 불이 어둠을 야금야금 삼킨다. 하늘에도 땅에도 별이 빛난다. 술잔 부딪히는 소리에 나지막한 기타 선율까지 들리면, 캠핑장의 밤이 본격적으로 시작된다.

별은 빛나고, 모닥불은 타오르고, 밤은 길다. TV 채널을 놓고 다툴 필요도, 해야 할 일도 없다. 그저 가족과 둘러앉아 도란도란 이야기를 하는 것, 오직 그것뿐이다. 아이들 학습지를 채점할 필요도, 준비물을 채근할 이유도 없다. 마주 보고 앉아 아무 이야기나 마음껏 한다. 처음에는 맨날 보는 얼굴들끼리 둘러앉아 멀뚱멀뚱 시간을 보내는 것이 쉽지 않았다. 아이들은 자꾸 휴대폰을 찾고, 남편은 잔소리를 하고, 나는 괜스레 부산을 떨었다. 하지만 캠핑장에 익숙해지면서 우리는 조금

씩 달라졌다. 마음이 말랑말랑 부드러워지면서, 상대의 여린 진심을 피부로 느끼게 되었다.

진심은 늘 숨어 있게 마련이다. "이제부터 30분 줄 테니 너의 진심을 말해봐"라는 식으로 다그쳐 알 수 있는 것은 없다. 수줍고 섬세한 속마음이 껍질을 벗고 자기 소리를 낼 수 있도록 기다려야 한다. 캠핑의 밤은 그 껍질을 벗는 시간이다. 도란도란 이야기를 나누다 보면 어느새 진심이, 속마음이 말간 얼굴을 내밀고 자신을 보여준다.

캠핑의 밤을 통해 언제나 가족보다 회사가 먼저인 것 같아 늘 서운했던 남편이 사실 가족들이 다 잠든 늦은 밤 귀가를 쓸쓸해한다는 것을 알았다. 마음이 약하고 매사 서툴러서 늘 불안했던 아들에게서는 사자 같은 용기를 발견할 수 있었다. 투정이 많아 걱정이던 딸이 진짜 바라는 것은 자기에게 조금만 더 집중해주는 것임을 알게 됐다. 그리고 스스로도 몰랐던 내 마음도 진심을 드러냈다. 방송작가로서 경력을 포기하고, 좋은 엄마를 꿈꾸며 주부로 살아왔지만, 아내와 엄마로서가 아닌 나 자신이 원하는 모습에 대해 남편과 아이들에게 털어놓을 수 있었다. 고맙게도 이해받고, 함께 미래를 계획할 수 있었다.

캠핑장에서 보내는 밤에는 장작불 타오르듯 마음이 덥혀진다. 불만 투성이였던 남편도 애틋해지고, 말 안 듣는 아이들도 마냥 예뻐 보인다. 막혔던 대화의 물꼬가 트이면서 무엇이 행복인지 어떻게 살고 싶은지 주고받게 된다. 다시 연애를 하는 것 같고, 새삼 우리의 삶이 감동적으로 느껴지며, 평소라면 가당치도 않았던 계획들이 머릿속을 떠다닌다. 끝도 없이 함께 웃고 떠들다 보면, 한 번 더 힘차게, 사랑하며 살고 싶다는 의욕이 생긴다.

매 순간 자연처럼

"자연은 왜 위대한가.
왜냐하면
그건 우리를 죽여주니까
마음을 일으키고
몸을 되살리며
하여간 우리를
죽여주니까"
_ 「자연에 대하여」*에서

* 정현종, 『갈증이며 샘물인』, 문학과지성사, 1999

캠핑을 다니다 보면 굉장히 자주, 본능적이며 즉각적인 탄성이 쏟아진다. "와~죽인다!" 하고 말이다. 흩날리는 벚꽃과 배꽃 아래에서 산책할 때, 맑디맑아 푸른빛이 도는 계곡물에 지친 발을 담글 때, 달빛 은은하고 파도가 철썩일 때, 밤새 눈이 소복이 쌓여 온통 하얀 세상과 마주할 때, 검푸른 밤하늘 사이로 쏟아지는 별무리를 볼 때, 그런 순간에는 그 어떤 말도 부족하다. 예상치 못한 순간 맞닥뜨린 대자연의 무궁무진한 아름다움은, 생활에 찌들었던 나를 풀어주고, 숨겨진 나를 되살려낸다. 마음의 먼지를 싹싹 털어낸 기분이다.

"뚜렷한 사계절이 있기에 볼수록 정이 드는 산과 들, 우리의 마음속에 이상이 끝없이 펼쳐지는 곳……."

어릴 적 라디오나 TV를 틀면 이런 노랫말이 흘러나왔다. 덕분에 머릿속으로는 계절에 따라 변화무쌍한 우리의 산과 들이 정겹다는 것 정도는 알고 있었다. 계절이라곤 '너무 더운 여름'과 '조금 덜 더운 여름'뿐인 남국, 베트남에서 잠시 살았을 때는 확실하게 변하는 우리의 사계절이 사무치게 그립기도 했다. 하지만 도시에서는 '뚜렷한 사계절'을 느끼기가 쉽지 않다. 고작해야 일기예보를 통해 날씨를 감지하고, 옷장을 뒤적이며 "작년에는 도대체 뭘 입고 다닌 거야?" 투덜거리는 정도가 계절 변화의 징후였다. 매일 비슷비슷, 고만고만한 일상 속에서 이 계절이 저 계절인 듯 무심하게 창밖을 스쳐갔을 뿐이다.

어찌 보면 캠핑장에서도 사계절이란 말은 무색하긴 마찬가지다. 하지만 그 이유는 정반대다. 매주 캠핑을 다니다 보면, 한국의 계절을 네 가

4월이 오면 매서운 꽃샘바람이 불어오는 가운데 꽃봉오리들이 새 세상을 열기 시작한다. 그 봉오리들이 어느 순간 화르르 피어날 때, 그 향기가 길과 숲에 차오를 때, 싱싱한 청춘의 계절이 온다.

지 틀에 가두는 것이 아쉬워진다. 단언컨대, 우리나라의 계절은 네 가지가 훨씬 넘는다. 어쩌면 스무 가지, 마흔 가지쯤 될지도 모르겠다. 같은 봄이지만 3월의 봄과 4월의 봄과 5월의 봄은 전혀 다르다. 심지어 4월 5일의 봄과 4월 25일의 봄도 같은 이름으로 묶기엔 사뭇 다르다. 색도, 크기도 디자인과 용도도 확실히 다른데, "내 눈에는 다 똑같은 가방인데 왜 자꾸 사느냐"며 면박을 주는 남자들과 상대하는 기분이랄까.

4월이 오면 매서운 꽃샘바람이 불어오는 가운데 꽃봉오리들이 새 세상을 열기 시작한다. 그 봉오리들이 어느 순간 화르르 피어날 때, 그 향기가 길과 숲에 차오를 때, 싱싱한 청춘의 계절이 온다. 언젠가는 맑은 계곡 옆에서 산벚나무를 봤다. 분홍이 조금 섞인 희고 작은 꽃이 피어났다가 바람의 결을 따라 서서히 흩어지는 그 모습에는 분명 봄인데, 가을도 섞여 있었다.

여름은 또 어떠한가. 장마가 시작되기 전 초여름, 뜨거운 한여름, 선선한 바람이 돌아오는 늦여름, 숲의 여름과 계곡의 여름, 바다의 여름이 모두 제각각이다. 하얀 물안개가 피어오르는 초여름 숲의 새벽이 신비롭고 원시적이라면, 이름 모를 물고기들이 무지갯빛 지느러미를 하느작거리는 계곡의 한여름은 건강하고 씩씩하다. 늦여름 밤바다는 온전한 하나의 계절이다. 밤에도 남아 있는 한낮의 열기와 살랑 불어오는 바람이 연인처럼 서로에게 물들어 달콤하면서도 씁쓸한 내음을 실어온다.

우리가 봄, 여름, 가을, 겨울 정해놓고 부르는 계절의 이름은 아직 이름 붙이지 못한 찬란한 순간들의 합이다. 반드시 그날을 거쳐야 비로소 다음 계절로 넘어간다. 그러니 바로 딱 그날, 그 순간 제대로 느끼지 않으면 기회는 없다. 얼음장 밑에서 졸졸졸 흐르는 개울물도, 1년을 기다려 꽃을 피워낸 봉오리들도, 바람도, 강물도, 바로 그날, 그 자리에서만 느낄 수 있는 소중한 선물이다.

"자연을 사랑하고 감동하고 전율하면 그 삶은 매혹적인 것이다. 날마다 그렇게 살아라. 하루하루를 잘 살아야 좋은 인생이다. 그러므로 하루를 바꾸지 못하면 변화에 성공할 수 없는 것이다. 세상을 향해 아주 많은 씨앗을 날려야 한다. 어떤 것은 실종되고, 어떤 것은 시멘트 같은 마음속에서 죽을 것이다. 그러나 그 어떤 것은 결국 누구의 마음으로 들어갈 것이다. 자연은 아주 많은 낭비를 즐긴다. 이것이 자연이 세상을 풍요롭게 하는 이유이다."
_『마흔세 살에 다시 시작하다』*에서

사계절, 그리고 아직 이름이 없는 수많은 계절과 그 사이사이. 아침부터 해가 넘어가고 다시 떠오를 때까지. 텐트 옆 저 한 그루의 나무에서도 수많은 일이 일어난다. 해가 드나들고 바람이 불고 새가 노래하고 풀벌레가 날아들고, 시시각각 다른 모습으로 새로 태어난다.

자연은 언제나 매 순간 최선을 살고 있다. 사람들이 뭐라고 부르건, 추운 겨울을 어떻게 살아야 할지 걱정하지 않고, 그저 열심히 꽃을 피우고 씨앗을 뿌리며 제 할 일을 한다. 하루하루가 어제의 결과이자 내일로 가는 과정임을 충실하게 보여준다. 자연 속에서 우리가 할 일은 보여주는 것을 겸손하게 보고 느끼고 받는 것뿐이다. 다시는 못 올 시간, 오늘을 살자.

---

* 구본형, 휴머니스트, 2007

예상치 못한 순간 맞닥뜨린 대자연의 무궁무진한 아름다움은,
생활에 찌들었던 나를 풀어주고, 숨겨진 나를 되살려낸다.

누구나 꿈꾸는 바로 그곳

"이화梨花에 월백月白하고
은한銀漢이 삼경三更인제
일지춘심一枝春心을 자규子規야 알랴마는
다정多情도 병病인 양 하야 잠 못 들어 하노라."
_「이화에 월백하고」, 이조년

"좋은 캠핑장 좀 추천해주세요!"

어느새 3년이나 캠핑을 다녔으니, 종종 이런 말을 하는 사람들을 만나곤 한다. 그럴 때면, 질문자의 취향과 특성, 가족 관계를 고려해 나름대로 맞춤형 친절을 베푼다. 봄에는 캠핑장 곳곳에 피어 있는 철쭉 덕분에 꽃밭에서 하룻밤을 보낼 수 있는 포천의 A캠핑장, 여름에는 계곡에서 실컷 놀고, 무성한 숲의 그늘에서 신선이 된 듯한 기분으로 낮잠을 즐길 수 있는 가평의 몇몇 캠핑장, 넓은 잔디밭에 트램펄린이나 그네 등이 있어 아이들이 안전하게 놀 수 있는 양평의 B캠핑장, 다 자란 사내아이들이 있다면 족구며 야구, 탁구를 즐길 수 있는 유원지형 캠핑장, 아직 아이가 없는 커플이라면 아름다운 숲길을 산책할 수 있는 휴양림 등등. 어디가 왜 좋은지, 어떻게 가는지, 조목조목 소개해준 다음, 냉정하게 한마디 덧붙인다.

"그런데, 거기 예약하기 쉽지 않아. 거의 하늘의 별 따기 수준이야!"

그렇다. 시즌이 미처 오기도 전에 캠핑장은 이미 예약 전쟁에 돌입한다. 이름난 캠핑장은 예약을 받는 날짜가 정해져 있는데, 대부분 시작과 동시에 3분이면 주말 예약이 깔끔하게 매진된다. 한여름 휴가철에 인기 많은 어느 캠핑장은 3초 만에 예약이 끝나기도 했다. 그러니 가고 싶은 캠핑장이 있다면, 몇 월 며칠 몇 시부터 예약을 받는지 정확하게 숙지하고, 당일에 미리 인터넷 사이트를 열어두고 대기하다가, 정각에 잽싸고 정확하게 클릭해야 한다. 20여 년 전 '뉴키즈온더블럭'의 내한공연 티켓을 사기 위해 밤샘 한 이후 처음으로 예약 전쟁에 참여한 나는 순식간에 사라지는 자리들을 멍하니 바라볼 수밖에 없었다.

"내가 내 돈 내고 주말에 쉬겠다는데, 이런 스트레스까지 받아야 돼?"

별 수 없이 좋다는 캠핑장들에 대한 집착과 욕심을 내려놓고, 차선책을 찾아 헤매기 시작했다. 하지만 꽤 그럴 듯해 보이고 예약도 가능한 곳들은 너무 멀거나, 지나치게 좁거나, 취객 관리가 안 되거나, 화장실 물도 제대로 안 나오는 등 걸리는 게 꼭 하나씩 있었다. 절대 광고가 아니라며, 새로 개장해서 좋다는 어느 블로거의 글만 믿고 찾아갔던 어떤 캠핑장은 하필이면 군부대 바로 옆에 있어서 1박 2일 내내 군인들의 우렁찬 기합 소리만 듣다 온 적도 있다.

이런 우여곡절 끝에 알게 됐다. 사람들은 정말 괜찮은 캠핑장은 절대 남한테 알려주지 않는다는 것을 말이다. 전쟁이라 할 정도로 캠핑장 예약이 힘든데, 좋은 곳을 사방팔방 알려 북적이게 만들고 싶지 않은 것은 어쩌면 당연한 것이다. 나도 겨우 그런 곳을 찾고 나서야 그 마음을 비로소 이해할 수 있었다. 우리 가족만의 편안한 안식처를 만들고 싶다는 바람은 누구나 마찬가지일 테니 말이다.

우리 가족의 방황을 끝내준 그 캠핑장은 텐트 열 동을 겨우 칠 수 있는 작고 아담한 곳이다. 서울에서 멀지 않으나, 매체나 동호회 카페 등에 거의 소개된 적이 없어 늘 조용하고 한가롭다. 뒤로 펼쳐진 소나무 숲에선 새가 지저귀고 앞뜰의 작은 연못에서는 뱃놀이도 할 수 있다. 한겨울에는 꽝꽝 얼어붙은 연못 위에서 썰매를 지치며 놀기도 한다. 백미는 4월이다. 배나무 과수원의 한 귀퉁이를 캠핑장으로 만든 덕분에 봄이면 온통 배꽃 향기로 가득하기 때문이다. 밤하늘 달빛 아래에서 하얗게 떠오르는 배꽃을 보면, 옛사람들의 풍류가 내게도 전해지는 것

우리 가족의 방황을 끝내준 그 캠핑장은 텐트 열 동을 겨우 칠 수 있는 작고 아담한 곳이다.
서울에서 멀지 않으나, 매체나 동호회 카페 등에 거의 소개된 적이 없어 늘 조용하고 한가롭다.
뒤로 펼쳐진 소나무 숲에선 새가 지저귀고 앞뜰의 작은 연못에서는 뱃놀이도 할 수 있다.

같다. 새벽 어스름 한 잎 두 잎 꽃이 내려앉으면, 꿈속을 걷는 듯 아련하다.

젊은 시절 도시에서 바쁘게 살다가 10년 전 이곳으로 귀농한 주인장 부부는 사람이 그립고 아이들 웃음소리가 듣고 싶어 마당 한쪽에 캠핑장을 만들었다고 한다. 주인아저씨는 "불편함은 정신을 깨어 있게 합니다"라는 신영복 선생의 글귀를 적어놓은 캠핑장 옆 공방에서 늘 뭔가 뚝딱뚝딱 만들곤 한다. 창고도, 그네도 직접 만들었다고. 아이들의 이름을 다정히 묻고는, 다음에 오면 기억하고 불러준다. 기꺼이 아이들을 손주처럼 예뻐해준다.

"얘들아, 우리 개가 새끼 낳았는데 보러 갈래?"

"내가 직접 만든 의자인데, 앉아볼래?"

가끔은 직접 기른 신선한 푸성귀도 선물해준다. 한 번 찾은 사람은 대부분 단골이 되어 자주 보게 되니 서로 음식을 나누고 자연을 공유하며 친구가 된다. 아이들은 시골 할머니 댁에 놀러온 것처럼 따스한 정을 느끼며 실컷 뛰어놀고, 어른들은 진지하게 이야기를 나누며 먼 훗날의 미래를 그려보기도 한다. 볕 잘 드는 곳, 사이좋은 부부가 운영하는 작고 어여쁜 캠핑장, 그리고 가족 같은 손님들에게 자연과 정을 나눠주는 삶은 어떨까 하고 말이다.

이쯤 되면 거기가 어디냐, 살짝 알려달라는 말이 나오겠지만, 나는 여전히 아무에게도 알려주고 싶지 않다. 캠핑장 상술에 하루를 망치고, 취객들이 밤새도록 소란을 피워대는 통에 잠을 설치는 등 숱한 시행착오 끝에 만끽하게 된 그 여유가 정말 고맙고 소중하기 때문이다.

초보 가족 캠퍼를 위한 A to Z

❶ 첫 캠핑, 이렇게 시작해보세요!

한 번쯤 가보고는 싶지만, 섣불리 떠나기 힘든 것이 캠핑입니다. 텐트부터 시작해 갖춰야 할 장비가 많으니 경제적으로 부담스럽기도 합니다. 일단 가보고, 앞으로 계속할지 무슨 장비를 살지 결정하고 싶다는 사람들이 많은데, 그런 이들에게는 글램핑(도구들이 모두 갖춰진 곳에서 즐기는 캠핑)이나, 주변 지인들의 캠핑에 동행해보라고 권하고 싶습니다. 우리 가족에게 캠핑이 잘 맞는지, 맞는다면 기본 장비 외에 필요한 것은 무엇인지 잘 살펴보세요.

글램핑 체험하기 좋은 곳
- 봉서원 더시크릿가든(경기 남양주, www.campnrak.co.kr): 드넓은 잔디밭이 근사하다.
- 이지 글램핑(충남 금산, www.ezglamping.co.kr): 바비큐를 무한 리필해준다.

캠핑 용품 빌려주는 곳
- 캠핑박사(www.campingbaksa.co.kr)
- 스타캠프(www.starcamp.co.kr)
- 캠핑아일랜드(www.campingisland.co.kr)
- 이지캠핑(www.ezcamping.co.kr)

❷ 캠핑장 고르기

첫 캠핑 장소는 아무래도 집과 가깝고 대중적인 장소가 좋습니다. 이동 시간이 짧아야 덜 피곤하고, 만약의 사태에 대비할 수 있기 때문이죠. 화장실, 개수대, 전기 시설 등이 잘 갖춰졌는지도 꼭 확인하고, 캠핑 카페 등을 살펴보는 것도 도움이 됩니다.

캠핑 카페
- 캠핑퍼스트(cafe.naver.com/campingfirst): 국내 최대의 캠핑 카페.
- 캠핑클럽(cafe.naver.com/campingclub): 국내 최초로 개설된 캠핑 전문 카페.

처음 가기 좋은 도심 속 캠핑장
- 난지 캠핑장(서울 상암동, www.nanjicamping.co.kr): 텐트를 대여해줘 초보자들에게 좋다.
- 강동 그린웨이 캠핑장(서울 둔촌동, www.gdfamilycamp.or.kr): 도심과 가까워 부담 없이 갈 수 있다.

❸ 알아두면 좋은 캠핑 용어

매쉬: 통풍과 환기가 잘 되는, 그물망처럼 생긴 천.
스트링: 텐트나 타프를 고정시켜주고, 바람으로부터 지켜주는 로프.
차콜: 숯 또는 목탄.
팩: 텐트나 타프를 설치할 때 땅에 박는 말뚝.
플라이: 방풍 및 방수를 위해 텐트에 덧씌우는 천.
당일 모드: 당일치기로 캠핑을 하고 밤에 철수하는 것.
백패킹: 배낭에 모든 장비를 다 넣어 이동하면서 캠핑을 하는 것.
떼캠: 여러 텐트가 일행을 이뤄 한꺼번에 캠핑을 하는 것.
솔캠: 혼자서 캠핑을 즐기는 것.

❹ 제2의 집, 텐트 고르기

텐트는 종류도 많고, 가격대도 천차만별이라 고르기가 정말 어렵습니다. 본격적인 캠핑을 시작하기 전 가까운 캠핑장에 들러 다양한 텐트들을 쭉 살펴본 다음 장단점을 따져보고, 가족에게 맞는 텐트를 선택하면 됩니다.

무난하고 치기 쉬운 것을 찾는 초보 캠퍼라면, 돔형 텐트
2개의 폴대를 x자로 교차시킨 형태라 비교적 쉽게 설치할 수 있다. 타프와 연결해 봄부터 가을까지 사용할 수 있고, 작고 가벼우며 저렴하다는 장점이 있다.

집 같은 안락함을 찾는 캠퍼라면, 거실형 텐트
텐트 하나에 거실 공간과 생활 공간이 나눠져 있어 편리하다. 크기가 커서 설치할 때 시간과 품

돔형 텐트

거실형 텐트

팝업 텐트

티피형 텐트

이 많이 들지만, 사생활이 보장되고 아늑하다. 특히 겨울철에는 난로를 텐트 안에 설치할 수 있어 좋다.

빠르고 간편한 것을 원하는 캠퍼라면, 팝업 텐트
접힌 텐트를 펼치기만 하면 몇 초 안에 완성되는 간편함이 매력적이다. 사용하기엔 무척 편하지만 바람과 비에 약해 메인 텐트로는 무리다.

세련된 느낌을 원하는 감성 캠퍼라면, 티피형 텐트
일명 인디언 텐트. 가운데 폴대만 세우면 설치가 끝나고, 천장이 높고 공간이 넓다. 특히 난로의 연통을 밖으로 뺄 수 있어 겨울철에 유용하다.

❺ 이것만은 꼭! 필템 장비
본격적으로 캠핑 준비를 할 때, 가장 신경 쓰이는 것은 역시 장비입니다. 우선 꼭 필요한 장비와 다니면서 천천히 사도 괜찮은 것들을 분류하되, '스타터 세트', 즉 텐트, 의자, 테이블, 매트리스, 랜턴, 버너, 코펠은 제대로 갖추는 것이 좋습니다. 일단 장만하면 바꾸기가 쉽지 않으니, 매장에 가서 실물을 직접 확인한 다음, 오프라인과 온라인의 가격을 비교해 더 저렴한 곳에서 구입하면 됩니다.

타프

스트링

침낭

매트리스

남편에게 캠핑 필수 장비를 추천해보라고 하니 다섯 개라면, **텐트, 매트리스, 버너, 테이블, 코펠**, 열 개라면 여기에 **의자, 랜턴, 화로대, 침낭, 릴선**이라고 하네요. 제 생각엔 이 열 가지에 **타프, 아이스박스**만 추가하면 웬만한 계절은 버틸 수 있을 것 같습니다.

의자는 사람 수만큼 준비하는 것이 좋습니다. 아이가 있는 4인 가족이라면 랜턴은 종류별로 3~4개가 필요합니다. 전기로 작동하는 작업등과 배터리 랜턴이 실용적이며, 따뜻한 불빛을 내는 휘발유 랜턴이나 가스 랜턴은 캠핑의 낭만을 더해줍니다.

맨바닥에서 올라오는 냉기와 습기를 차단해야 하기 때문에 매트리스도 필수인데요, 아이들 놀이방 매트와 유사한 발포 매트도 큰 무리는 없습니다. 저는 추위를 많이 타서 침낭은 캠핑 전문 브랜드 제품으로 구입했는데, 두고두고 잘 쓰고 있답니다.

코펠은 단연 스테인리스 제품이 오래 쓸 수 있고, 타프도 쓰임새가 많습니다. 햇빛과 비를 막아주는 것은 물론 그늘과 마당을 만들어줘 그 아래에서 취사와 놀이 모두 할 수 있습니다.

❻ 없어도 괜찮지만 있으면 유용한 것들

현장에서 직접 경험한 후, 필요한 장비들을 하나씩 늘려가는 것도 빼놓을 수 없는 재미입니다. 그중 만족도가 높았던 것들을 소개합니다.

화로대

랜턴 스탠드

헤드랜턴

키친 테이블
조리도구, 식기, 식재료들을 깔끔하게 수납하고 정리할 수 있다.

스테인리스 식기
집에서 쓰는 식기나 일회용품을 써도 괜찮지만, 그릇끼리 포개지고 가벼운 아웃도어용 스테인리스 식기 세트는 사용해보면 그 진가를 알 수 있다.

랜턴 스탠드
랜턴을 높은 곳에 설치해야 사이트를 좀 더 밝게 쓸 수 있다. 설거지망이나 휴지 같은 소품들을 걸어놓을 수도 있어 여러모로 유용하다.

화로대
숯불 바비큐, 캠프파이어 등 캠핑의 즐거움을 위해 빼놓을 수 없는 도구다.

❼ 아이가 있다면 꼭 필요한 것들
아이가 있으면 짐이 많아질 수밖에 없습니다. 우리 가족은 배드민턴 채, 축구공 등 각종 스포츠 용품과 여행용 보드게임은 늘 챙기고, 여름에는 물놀이 용품, 겨울에는 눈썰매를 가지고 다닙니다. 그중 가장 반응이 좋았던 것들을 소개합니다.

해먹
한여름 풍성한 나무 그늘 아래에 해먹을 매달아놓으면 아이들이 하루 종일 그 주변을 떠날 줄 모른다. 한 번에 탈 수 있는 무게에 따라 해먹마다 사이즈가 다르니 구입시 참고할 것.

헤드랜턴
머리띠처럼 이마에 두르고 쓰는 랜턴으로, 아이들이 유난히 좋아한다. 텐트 줄에 걸려 넘어질 위험도 줄고, 밤에 이것만 있으면 혼자 화장실도 곧잘 간다.

❽ 캠핑장 기본 예절
- 주변의 나무, 꽃 등 자연을 훼손하면 안 됩니다.
- 쓰레기는 반드시 분리수거해야 합니다.
- 늦은 저녁 시간에는 시끄러운 놀이를 자제해주세요.
- 집짓기에도 예의가 있어요. 텐트와 타프를 칠 땐, 이웃의 공간을 침범하지 않도록 구역을 지켜야 합니다.
- 공용 전기를 쓰는 공동 캠핑장에선 전기 사용량이 많은 제품 사용을 자제해주세요. 자칫 캠핑장 전체에 전기가 끊길 수 있습니다.
- 캠핑장 내에선 언제나 서행 운전!

❾ 캠퍼라면 자연을 아껴주세요!
'LNT(Leave no trace)'. 자연을 방문하고 돌아올 때엔 아무 흔적도 남기지 말자는 구호입니다. 캠핑도 예외일 수 없습니다. 최근에는 흔적 자체를 남기지 말자는 좀 더 적극적인 태도가 요구되고 있습니다. 소나무나 굴참나무처럼 잘 벗겨지는 세로형 껍질 나무에 해먹을 걸 때는 나무 표면에 수건을 둘러 손상을 최소화하고, 화로대는 받침과 같이 사용해 재로 인한 토양 오염을 방지하는 등 세심한 주의가 필요합니다.

❿ 벌레가 무섭다고요?
최근 캠핑장 바닥은 대부분 파쇄석으로 되어 있어 풀벌레 걱정은 많이 줄었지만, 모기, 나방 등 날벌레 스트레스는 여전합니다. 벌레가 싫어서 캠핑이 싫다는 사람도 많으니까요. 살충제를 뿌려 날벌레를 박멸할 수도 있지만, 그곳은 사실 벌레들의 집. 우리가 잠시 놀러갔다고 생각하고, 벌레 기피제를 챙겨 그들이 다가오지 않게끔 하는 것이 바람직합니다.
또한, 벌레들은 근방에서 가장 밝은 빛을 쫓아간다고 하니, 30와트짜리 밝은 작업등을 벌레 유인용으로 텐트와 멀리 떨어진 곳에 달아놓으면 벌레의 습격을 피할 수 있습니다. 물론, 한여름 모기가 극성일 때는 모기장이나 타프 스크린이 필수입니다.

2

캠핑으로
자라는 아이

너의 미래에 두근거려

"어떠한 상황에서도 아이를 포기하는 부모란 없다.
늘 긍정적인 관점에서 바라보아야 한다.
포기하지 않는 부모는 아이 역시 포기하지 않는 어른으로 만든다.
내 아이가 하는 말과 그 속에 담긴 뜻, 행동 하나하나에 열린 마음으로 받아주고,
더 발전적인 방향으로 나아가도록 이끌어야 한다."
_『아이의 자존감』*에서

* 김민태·정지은, 지식채널, 2011

'다문화 가정'. 올해 5학년이 된 우리 아들이 가장 싫어하는 말이다. 타문화를 이해하고 포용해야 하는 시대, 소외된 다문화 가정에 관심을 기울이자며 정부부터 민간까지 팔을 걷어붙이고 나서는 이때, 도대체 어떻게 가르쳤기에 그러냐는 소리가 나올 법도 하다. 하지만 우리 가족에겐 속 모르는 야속한 말이 아닐 수 없다.

우리 가족은 남편의 직장 때문에 베트남에서 3년간 산 적이 있다. 당시 아들은 여섯 살이었고 초등학교 1학년까지 국제학교에 다녔다. 그곳에선 공부하는 시간보다 노는 시간이 더 길었으며, 남미부터 북한까지 세계 각지에서 온 아이들이 영어를 잘하건 못하건 몸으로 소통하며 널따란 잔디밭에서 뒹굴고 놀았다. 감성적이고 호기심이 많은 아이였던 아들은 선생님과 친구들에게 친절하고 재미있고 창의적이라는 칭찬을 들으며 3년을 보냈다.

문제는 한국으로 돌아오면서부터였다. 늘 야외에서 놀았던 터라 아이의 피부는 어느새 검게 그을려 있었는데, 베트남에서 전학을 왔다고 하자 같은 반 친구들이 짓궂은 장난을 하기 시작한 것이다. "야, 베트남말로 인사 좀 해봐." "너네 나라로 돌아가." 반 아이들에게 이런 비아냥을 듣고 온 어느 날, 아이는 진지하게 물어봤다.

"엄마, 다문화 가정이 뭐야?"

"엄마와 아빠의 나라가 서로 다른 가족을 말하는 거야. 헌이는 엄마 아빠가 모두 한국인이고, 우리는 베트남에서 잠깐 살다 온 거니까 다문화 가정은 아니야."

한참 생각을 하던 아이가 다시 물었다.

"그런데, 다문화가 나쁜 거야? 도대체 왜 그런 걸 가지고 놀리는 거야?"

아이가 이해하지 못하는 것은 당연했다. 베트남에서 다니던 학교에서는 다양한 국적의 아이들이 함께 어울렸고, 그들 중 절반 남짓은 국제결혼한 가정 태생이었다. 다문화, 그야말로 가지각색 다양한 문화가 공존하는 곳에서 생활했던 아이는 영문도 모른 채, 낯선 곳에서 왔다는 이유만으로 놀림을 감내해야 했다.

그뿐만이 아니었다. 자유로운 국제학교에 비해 규칙이 많은 한국의 학교에서 호기심 많은 기질은 산만한 것으로, 창의적인 발상은 엉뚱한 공상으로 취급받았다. 받아쓰기, 수행평가, 단원평가 등 끝없이 이어지는 시험들은 버거웠고, 학교 식당에서 20분 안에 배식을 받은 음식을 남김없이 먹은 후 교실로 돌아와 책을 읽으라는 규칙을 아이는 도무지 납득하지 못했다.

"엄마, 밥을 먹었으면 좀 놀아야 되는 거 아냐? 우리가 감옥에 갇힌 것도 아닌데, 자꾸만 교실에 가만히 있으래."

답답하고 힘겨운 학교생활에 아이는 점점 의기소침해졌다. 늘 유쾌하고 발랄해서 좀 자제하라고 잔소리까지 해야 했던 아이가 웃음을 잃고, 짜증이 늘었다. 뭐든 적극적으로 해보겠다고 나서던 아이가, 사소한 과제에도 "난 못해, 안 할래"라며 뒤로 빼기 일쑤였다. 엄마인 내가 아이를 도와줘야 했다.

일단 친구를 만들어주기 위해 반 대표 엄마를 찾아가 사정을 설명하고 함께 놀 수 있는 환경을 만들어주었다. 선생님께도 상황을 솔직하게 의논하고 도움을 청하니, 격려와 칭찬으로 아이에게 힘을 주셨다. 나 또한 조급함을 버리고 아이의 감정을 제대로 읽어주기 위해 노력했다. 그러나 상처받은 아이의 마음은 쉽게 풀리지 않았다.

그래서 우린 떠났다! 주말마다 도시를 벗어나 산으로 바다로. 아무것도 얽매일 것이 없는 캠핑장에서, 아이는 비로소 자유로워졌다. 날마다 해야 하는 숙제에서, 부담스러운 시험에서, 친구들의 짓궂은 놀림에서 벗어나자 밝고 유쾌한 모습이 조금씩 돌아왔다.

모닥불을 피워놓고 이 얘기 저 얘기 건네면, 학교생활의 외로움과 서러움을 조금씩 토해냈고, 때로는 울분하고 때로는 후회하면서 스스로 상처를 치료해나갔다. 아이가 멍하니 별을 보거나 텐트 안에 가만히 누워만 있어도 간섭하지 않았다. 혼자서 오롯이 되새기고, 판단하며 생각을 정리할 수 있는 시간을 주고 싶었다. 이 텐트 저 텐트 이웃의 꼬마들과 어울리며 제법 리더십을 발휘하게 되면서 마음의 응어리도 풀어지는 것 같았다. 학교에서는 엉뚱하게 보일까 봐 표현하지 못했던 끼를 맘껏 펼칠 수 있도록 멍석도 깔아줬다. 가족같이 친해진 캠핑메이트 삼촌과 이모들 앞에서 노래를 부르고 춤을 추며 찧고 까불어도, 힘찬 박수를 보내며 지켜보았다.

그러면서 우리 가족 캠핑에는 특별한 이벤트가 열리기 시작했다. 바로 개그맨이 꿈인 아들이 연출하는 모닥불 공연! 회가 거듭될수록 적극성과 창의성이 살아나더니, 어느 날 함께 간 동생들과 노래도 부르고, 개그를 짜서 선보였는데, 그 소박한 공연이 그야말로 '대박'을 쳤다. 캠핑장의 아이들이 모여들어 같이 구경을 하게 되면서 이제는 캠핑 갈 때마다 새로운 아이디어를 내놓곤 한다. 유치하고, 어설프지만, 있는

아무것도 얽매일 것이 없는 캠핑장에서, 아이는 비로소 자유로워졌다.
날마다 해야 하는 숙제에서, 부담스러운 시험에서, 친구들의 짓궂은 놀림에서 벗어나자
밝고 유쾌한 모습이 조금씩 돌아왔다.

그대로 자기 자신을 표현하도록 도와주고 지지해주니 아이와 부모 모두 행복해졌다. 언젠가는 아들이 이런 말을 했다.

"이젠 좋은 친구들이 있으니까 괜찮아."

아이는 친구들의 장난에도 전처럼 속상해하지 않으며, 당당하게 자기 의견을 발표하고, 자신을 둘러싼 환경을 긍정적으로 수용하는 법을 터득한 듯했다. 마음에 근육이 생겨 스스로를 다독이는 법을 알게 된 것이다. 갑자기 바뀐 환경에 힘들어하던 아이는 캠핑을 통해, 점점 더 씩씩하고 개성 넘치는 아이로 자라났다. 이젠 이 아이가 어떤 사람으로 자랄지, 그 미래가 궁금해 날마다 가슴이 두근거린다.

아이의 속마음
들여다보기

"아이가 소중한 사람이란 걸 가르쳐주기 위해선
아이들을 소중히 여기는 것보다 더 나은 방법도 없고 그 외의 방법도 없다.
아이들은 자신이 소중하다고 느끼면 느낄수록 더 많이 이야기하기 시작한다.
(……) 진심으로 아이의 이야기를 듣는다면 '위대한 지혜는
어린아이의 입을 통해 나온다'는 격언을 진리로 여기게 될 것이다."
_『아직도 가야 할 길』*에서

＊M. 스캇 펙, 최미양 옮김, 율리시즈, 2011

어느 날, 양평에 있는 캠핑장에 가던 길이었다. 운전을 하던 남편이 강가에 쭉 늘어선 으리으리한 별장들을 보면서 이런 말을 꺼냈다.

"아빠도 예전에는 돈을 많이 벌어서 저런 성 같은 집을 갖고 싶다는 꿈을 꿨어. 그런데 집의 크기는 중요하지 않은 것 같아. 가족들이 서로 아껴주고 행복하게 사는 게 더 중요하다고 생각해."

진지한 말에 고개를 끄덕이고 있는데, 뒷좌석에서 졸고 있던 딸아이가 갑자기 야무진 목소리로 대꾸를 했다.

"아빠, 이상해요. 가족이 행복하고, 저런 큰 집에서 살면 더 좋은 거 아니에요? 아빤 왜 그런 좋은 꿈을 포기하셨어요?"

올해 일곱 살이 된 딸은 종종 이렇게 어이없지만 딱히 반박할 수 없는, 웃기면서도 씁쓸한 질문을 하곤 한다. 이유 없이 아무에게나 친절하지 않고, 남을 기쁘게 하기 위해 무리하지 않는 이 깍쟁이는 할 말이 있으면 똑 부러지게 한다. 나이는 어려도 좋은 건 좋은 거고, 싫은 건 싫은 거다. 그러다가도 원하는 것이 있으면, 영화 「슈렉」의 고양이처럼 두 눈을 동그랗게 깜박이며 도저히 이길 수 없는 애교 작전을 펼친다. 그러나 구차하게 애원하지는 않는다. 스스로를 사랑받을 만하다고 여기는 사람만이 가질 수 있는 저 도도한 매력. 희생과 봉사가 몸에 익은 나의 DNA는 아닌 것 같고, 내가 어쩌다 저런 아이를 낳았을까 돌이켜 보니, 성장 과정에 그 비밀이 있었다.

딸아이는 생후 2개월에 베트남 행 비행기에 올랐다. 당시만 해도 베트남까지 갓난아기를 데려오는 경우는 거의 없었다. 그래서 우리 딸은 그곳에 등장하자마자 주변 사람들의 사랑과 관심을 독차지했다. 그렇게 작고 꼬물거리는 아기를 본 지 오래된 한국 사람들은 인사를 나눈다며 찾아와 아이를 한참 들여다보고, 교회에 가면 고국의 손자들이 그리운 집사님들이 서로 안아보겠다며 관심을 보였다.

베트남 사람들도 이 아이를 참으로 예뻐했다. 베트남 사람들은 아기가 만 두 살이 될 때까지는 품에서 내려놓지 않을 정도로 아낀다. 거기에 한류 열풍으로 한국인에 대한 관심도 높아 딸을 데리고 외출이라도 하면, 사람들이 유모차를 둘러싸고 "뎁 과!(예쁘다, 귀엽다)" 하며 모여들었다. 식당에 가도 종업원들이 서로 안아보겠다며 아이를 안고 놓아주질 않았다. 이렇게 아이는 넘쳐나는 호의 속에서 자랐다.

한국으로 돌아와 어린이집에 다니면서 수난이 시작됐다. 언제 어디서나 주목과 애정을 받던 아이가, 열 명의 아이를 선생님 한 명이 돌보는 환경이 성에 찰 리가 없었다. 결국 선생님의 관심을 끌고 싶어서 "여긴 더러워서 못 놀겠다" "이건 맛없어서 못 먹겠다" 등등 까탈을 부렸다. 아침이면 이 옷은 별로다, 저 옷도 마음에 안 든다, 머리 모양도 이렇게 해달라고 했다가 저렇게 해달라고 했다가 변덕이 죽 끓듯 했다. 모처럼 외식하러 간 식당 화장실이 더러워서 볼일을 못 보겠다 하여 밥도 못 먹고 돌아온 적도 있다.

이런 새침데기를 데리고 어떻게 캠핑을 갈까 고민이 되기도 했다. 실제로 처음 데려간 날에는 끊임없이 불평불만을 종알거렸다.

"엄마 바닥이 너무 딱딱해서 못 자겠어."

"여기는 화장실이 왜 이래?"

하지만 캠핑장에는 모든 불편함을 잊게 할 만큼 신나고 재밌는 일이 많았다. 캠핑의 매력에 빠진 아이는 곧 모든 불편을 감내하는 놀라운 적응력을 보여줬다.

"친구들은 학원 가고 놀이터에는 친구가 별로 없는데
캠핑 오면 여기저기 친구들이 많아요.
집에서는 아빠 물건 만지면 다친다며 빼앗는데
캠핑 오면 망치질을 해도 아무 말씀 안 하세요.
거실에서 찰흙놀이 했다가 엄마한테 혼났는데
캠핑 오면 모래놀이, 흙놀이, 소꿉놀이, 마구 어질러도 괜찮다고 하세요.
아파트에서 뛰어놀면 아랫집 아줌마 올라온다 혼났는데
캠핑장에서는 신나게 뛰어다녀도 아무도 신경 안 써서 좋아요.
엄마가 밥 먹어라 해서 달려가면
이상하게도 반찬이 다 맛있어요.
아빠가 설거지를 하셔서 같이 하다가 옷이 다 젖었지만
기특하다고 칭찬해주셨어요.
모닥불을 피울 때 마른 나뭇가지를 주워오면
큰일 했다며 좋아하세요.
엄마는 물을 많이 넣어 싱거운 커피도
제가 타서 드리면 최고로 맛있대요.
캠핑장 뒷산에 올라 꽃도 보고 버섯도 보고 밤도 줍고
유치원에서 배운 식물 공부도 했어요.
반짝이는 랜턴 불빛을 따라 깜깜한 밤에 혼자 화장실을 갈 때는
모험 떠나는 만화 주인공처럼 설레요.

딸아이는 여전히 자기가 최고여야 하며, 불편한 것은 못 참는다.
하지만 캠핑장에서는 원피스 대신 편한 바지를 입고 아무 데서나 뒹굴며,
누구하고나 친구가 된다.

아침마다 산새들이 울어대는데 그 소리가 너무 예뻐서 따라 하니
친구들이 재밌어 해요.
월요일에 유치원 가면 주말에 뭘 했는지 그림도 그리고 발표도 하는데,
나는 할 말이 참 많아요.
봄에는 꽃, 여름에는 계곡, 가을에는 단풍, 겨울에는 눈썰매,
제 그림은 항상 신이 나고 골고루지요.
캠핑 다녀온 얘기를 하면 선생님과 친구들이 재밌다 해줘서 아주 좋아요.
그래서 이제 난 캠핑이 정말 좋아요."

딸아이는 여전히 자기가 최고여야 하며, 불편한 것은 못 참는다. 하지
만 캠핑장에서는 원피스 대신 편한 바지를 입고 아무 데서나 뒹굴며, 누
구하고나 친구가 된다. 놀다 지쳐 남의 텐트에서 잠들기도 한다. 집에서
는 엄마 살이 닿지 않으면 절대 자지 않는 아이가 말이다. 평소 안 먹던
푸성귀도 군말 없이 먹고, 급하면 옛날 화장실도 곧잘 간다. 이렇게 조
금씩 변해가는 딸아이가, 나는 정말 놀랍다.

별을 띄우다

"믿고, 기다리고, 잘하는 것을 찾아 칭찬하고 용기를 북돋워주고,
자라는 동안 원 없이 놀게 해줘야 한다.
빈둥빈둥 쉬는 것마저도 삶의 윤활유가 된다.
살아가면서 놀 줄 알고 쉴 줄 아는 사람이 되어야 한다.
공부나 일보다도 그런 것을 먼저 익혀야 한다.
그래야 행복한 삶을 누릴 수 있다."
_『엄마 학교』*에서

* 서형숙, 큰솔, 2006

아이들을 위해 야심차게 준비했지만, 바닷바람이 사납게 심술을 부리는 남해에서 등을 날리는 것은 결코 쉽지 않았다.

"소원을 말해봐. 이 등이 하늘로 데려가 이뤄줄 거야."

호기롭게 말했지만, 첫 번째 등은 세찬 바람 탓에 불이 붙지도 못한 채 찢어지고 말았다. 두 번째는 등을 감싸고 있는 한지가 반쯤 타들어가 실패. 마지막 세 번째, 두 눈을 동그랗게 뜨고 애절하게 바라보는 아이들을 위해 우리는 심기일전하고 다시 도전했다. 바람이 불지 않는 곳을 찾아 아빠들은 고체연료가 잘 녹아 고정이 되도록 풍등의 주둥이를 매만지고, 엄마들은 따뜻한 공기가 풍등 안으로 가득 차오르도록 끝을 잡은 채 때를 기다렸다. 잠시 후 바람이 잦아든 틈을 타 열기가 가득 찬 풍등을 살살 띄우니 곧 두둥실 떠올랐다.

"와~ 드디어 해냈다!"

밤하늘을 가르며 풍등이 환하게 떠오르자 아이들은 일제히 환호를 터뜨렸다. 그러더니 저마다 소원을 적어 자신의 풍등을 띄우겠다며 난리가 났다.

"엄마가 '쥬쥬 스케치북' 사주게 해주세요."

"달리기 좀 잘하게 해주세요."

"우리 가족 오래오래 행복하게 해주세요."

고사리손으로 직접 불을 지피고, 소박하고 어여쁜 바람을 담은 풍등이 연이어 밤바다 위로 떠올랐다. 처음에는 심장 모양의 뜨거운 불덩이였는데, 기류를 타고 날아가는 모습은 흡사 별 같았다. 홀린 듯 쳐다보던 아이가 감탄사를 연발했다.

"와~ 엄마, 우리가 별을 만들었어요!"

아, 오늘도 미션 성공이다. 아이들이 맘껏 즐기고 느끼는 행복한 놀이. 우리가 주말 낮잠을 포기하고 캠핑을 가는 가장 중요한 이유다.

가끔 캠핑을 가면 뭐 하고 노느냐고 묻는 사람들이 있다. 여름엔 계곡이나 바다에서 놀지만 그것도 잠깐, 해가 지면 아이들은 텐트에서 꼼짝 않고 스마트폰만 들여다보고 있어 고민이라는 사람들도 있다. 우리도 처음엔 그랬다.

마당이나 자연에서 맘껏 놀아본 적이 없는 아이들은, 맘대로 놀라고 해도 얼마 지나지 않아 "엄마 심심해, 나 뭐 하고 놀아?" 하고 물어보기 일쑤였다. 그러면 나는 착잡한 마음으로 영화를 틀어주거나 책을 보라고 하기도 했다. 어느 순간, 어른들은 술을 마시고, 아이들은 게임기에 빠져 있는 모습을 보며 회의가 생겼다. 함께 있으나 소통하지 못하는데 우리는 여기까지 왜 온 것일까, 한심했다.

그래서 아이들과 같이 놀 방법을 궁리했다. 시간을 들여 제기 차는 법을 가르치고, 비석치기를 했다. 어릴 적 기억을 되살려 오징어놀이를 하고, 말뚝박기를 하며 서로 엎치락뒤치락 어울렸다. 딸아이와는 솔방울을 주워 플라타너스 잎사귀 위에 올려놓고 풀을 빻아 소꿉놀이를 했다. "장난감 기차가 칙칙 떠나간다~" 아이들이 부르는 동요에 맞춰 고무줄 신공을 발휘하면 박수갈채가 쏟아졌고, 얼음땡을 하다가 아슬아슬하게 잡혀주면 아이들은 흥분하며 좋아했다.

한참 놀다가 갑자기 먹구름이 몰려오고, 바람이 불더니 순식간에 비가 쏟아진 어느 날이었다. 강한 빗줄기에 소리를 지르며 텐트 안으로 뛰

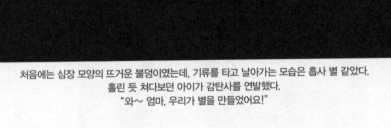

처음에는 심장 모양의 뜨거운 불덩이였는데, 기류를 타고 날아가는 모습은 흡사 별 같았다.
홀린 듯 쳐다보던 아이가 감탄사를 연발했다.
"와~ 엄마, 우리가 별을 만들었어요!"

어든 아이들은 이내 우비를 입고 다시 밖으로 뛰쳐나갔다. 빗속을 뛰어다니면서 잡기놀이를 하면 그렇게 신나고 즐거운지 처음 알았다. 또 갑자기 흩날리기 시작한 눈발이 금세 함박눈으로 변하는 순간, 하늘을 향해 두 팔 벌려 눈을 맞고, 입을 벌려 눈송이를 먹으며, 눈사람을 만들고, 눈썰매를 탈 때 아이들은 정말 행복해 보인다. 예측할 수 없는 날씨와 자연의 변화를 기꺼이 받아들일 때 놀이는 점점 더 재미있어진다.

아이들이 잘 놀지 못했던 것은 어른들이 애초에 제대로 노는 법을 가르쳐준 적이 없기 때문이었다. 몇 가지 놀이를 익히면 아이들은 어디에 풀어놔도 자기들끼리 즐겁게 놀며 창의성을 발휘한다. 놀다가 지루하면 새로운 방법이나 해결책을 찾아 규칙을 정하고 실험에 들어간다. 바닷가에서 '무궁화 꽃이 피었습니다'를 하면서 발레 무궁화, 엎드려 무궁화, 싸이 무궁화 등 온갖 아이디어를 내서 근방의 어린이들과 함께 놀기도 했다.

돌아보면 어린 시절 우리가 했던 놀이는 세상을 능동적으로 살라고 가르쳐준 인생의 스승이었다. 몸을 움직이고, 머리를 쓰고, 마음을 다하면 온전히 즐겁다는 것을 배웠으니까. 내가 인생의 주인공이 되는 느낌도 놀이가 준 선물이었다. 놀면서 새로운 것을 찾고, 서로 약속을 하고, 그 속에서 즐거움을 찾아가는 과정, 이것이 우리가 입이 닳도록 얘기하는 창의력과 문제해결 능력, 21세기를 살아가는 데 꼭 필요하다는 그 덕목이 아닐까.

아이들과 함께 뛰고 뒹굴고 궁리하고 깔깔거렸던 모든 순간들이 밤하늘에 띄웠던 풍등처럼 별이 되어 영원히 빛날 것을 믿으면서, 우리는 오늘도 아이들과 함께할 놀이를 찾아 어릴 적 기억을 더듬는다.

눈 오는 소리가 들려

"어느 먼—곳의 그리운 소식이기에
이 한밤 소리 없이 흩날리느뇨

처마 끝에 호롱불 여위어 가며
서글픈 옛 자천 양 흰 눈이 나려

하이얀 입김 절로 가슴이 메어
마음 허공에 등불을 켜고
내 홀로 밤 깊어 뜰에 나리면
먼—곳에 여인의 옷 벗는 소리"
_ 「설야」*에서

* 김광균, 『설야』, 시인생각, 2013

이른 새벽의 텐트, 침낭 속에서 꼭 껴안고 자던 딸아이가 잠에서 깨어나 살며시 속삭였다.

"엄마, 엄마, 밖에 눈이 오는 것 같아."

"응? 뭐라고? 꿈꿨어? 눈이 올 리가 없는데……."

좀 더 자고 싶었던 나는 별 생각 없이 답했다. 눈이 오는지 확인하기 위해 텐트 밖으로 나가기에는 날씨가 너무 추웠다.

"아니야, 엄마. 정말 눈이 와. 눈 오는 소리가 들려."

"에이, 무슨 소리가 들려. 눈은 원래 소리 없이 내려."

"아냐, 진짜야. 엄마, 잘 들어봐!"

혹시나 싶어, 아니 실은 잠이 달아날까 귀찮아 눈도 뜨지 않고, 가만히 귀를 기울였다. 그렇게 이어진 짧은 침묵, 나는 신기한 경험을 했다. 정말 눈이 오는 소리가 들린 것이다. 모두가 잠들어 있는 고요한 새벽, 텐트 위로 톡, 톡, 토─옥, 눈송이가 내려앉는 소리가 희미하게 들렸다.

김광균 시인은 눈 오는 소리를 '여인의 옷 벗는 소리'에 비유했지만, 내가 처음 들은 눈 오는 소리는 '마음을 다해 무언가를 사랑하는 소리'였다. 새벽녘 어스름을 끝까지 지키고 있었던, 유난히 추워 더 밝고 반짝였던 그날의 별보다 아이가 더 사랑스럽고 어여쁘게 느껴졌으니 말이다.

"세상에, 너는 엄마가 듣지 못하는 소리를 듣는구나!"

아이를 품에 꼭 안고 입을 맞추니 아이는 흡족한 듯 미소를 짓고 다시 잠에 빠졌다. 조용히 집중하니, 톡, 토옥 소리에 이어 소복, 소오복

소리가 나는 듯했다. '소복소복'은 눈이 쌓이는 모습을 표현하는 '형용사'인데, 소리로 들려왔다. 듣기만 해도 포근해지는 공감각적 경험이었다.

살아가면서 우리는 점점 소리에 둔감해진다. 그렇지 않고서야 도시 한복판에서 어떻게 살아갈 수 있겠는가? 카페나 지하철에 앉아 있으면 수많은 소리가 날아든다. "어제 그 드라마 봤어?" "시험 점수가 그게 뭐니?" 뚜뚜뚜뚜. 듣고 싶지 않아도 너무 잘 들린다. 집에 들어와도 마찬가지다. 아랫집에서는 피아노를 치고, 윗집 아이들은 쿵쾅거린다. 듣기 좋은 소리는 사라지고, 소음은 자꾸 커진다. 상대방 목소리가 높으니 내 목소리도 커지고, 바깥이 시끄러우니 내 이어폰의 음악 소리를 키우며 모른 척 눈을 감는다. 들어도 못 들은 척, 알아도 모르는 척해야 견딜 수 있다.

아이들도 마찬가지였을 것이다. 핸드폰 소리, 텔레비전 소리, 자동차 소리, 공사장 소리, 그리고 가장 듣기 싫은, 그러나 끝도 없이 이어지는 엄마의 잔소리. 수많은 소리들 속에서 귀 기울일 만한 소리가 많지 않아서, 또는 들어봤자 좋을 것이 별로 없어서 반쯤 귀를 닫고 살아왔을 것이다. "밥 먹자" "숙제 해라" 하고 수백 번 말해도 듣지 못했던 귀가 종종 놀라운 소리를 잡아낼 때도 있다.

"엄마, 저 옆, 옆, 옆에 있는 애가 게임하는데, 나도 해도 돼?"

게임기에서 나는 소리는 어쩌면 그리도 잘 듣는지. 그랬던 아이가 이젠 가만히 숨을 고르고 귀 기울여 눈 내리는 소리를 듣는다. 그뿐만이 아니다.

"엄마, 저 개구리는 슬픈가 봐. 엄마 잃은 개구리인가?"

"엄마, 아침에 우는 새들은 아기 새들이지? 유치원에 모여 노래 부르는 것 같아."

풀벌레 소리를 자장가 삼아 잠들고, 새소리로 아침을 맞으며, 계절별로 빗소리를 탐구하더니 아이들은 자연스레 자연의 소리와 친구가 되었다.

'핑크 노이즈'라는 것이 있다. 귀를 피곤하게 하는 시끄러운 소리가 아니라, 적당히 청각을 자극해서 느리고 안정적인 뇌파를 유도해 피로를 풀어주고, 마음을 편안하게 해주는 소리다. 그런 소리를 경험하게 하기 위해 '자연의 소리 박물관' 같은 곳도 생겼다던데, 캠핑장에선 그저 주위에 조용히 귀를 기울이면 된다. 자연 속에서 아이들은 오감의 안테나를 한껏 세우고 세계를 누빈다. 가끔은 이런 시를 선물로 주기도 한다.

봄비

봄비가 똑 똑 똑
땅바닥을 때려요.
봄비 내린 자리에는
초록 새싹들
안녕 하며 예쁘게
올라오지요.

물론 캠핑장에도 들리지 않았으면 하는 소리는 많다. 아이들 맘껏 놀게 하려고 왔다면서 큰소리로 야단치는 소리를 듣자면 괜스레 내가 답답해진다. 늦은 밤까지 이어지는 술자리에서 웃고 떠드는 소리도 불편

캠핑장에선 그저 주위에 조용히 귀를 기울이면 된다. 자연 속에서 아이들은 오감의 안테나를 한 껏 세우고 세계를 누빈다.

하지만, 깊은 밤 옆 텐트에서 우렁차게 울리는 코 고는 소리는 정말이지 괴롭다. 그럼에도 아이들이 마음을 담아 소리를 들을 수 있게 된 것만으로도 충분히 기쁘다. 눈이 오는 소리에 집중하는 아이, 직박구리 울음에 박자 맞추는 아이, 아픈 매미의 소리를 구별하는 아이. 그런 아이라면 자기 말만 할 뿐 남의 말은 듣지 않는 이 불통의 시대에, 상대방의 소리에 귀를 기울일 줄 아는, 소통하는 어른으로 성장할 수 있을 테니 말이다.

산만해도 괜찮아

"건강한 아이들은 호기심으로 가득하다.
새로운 공간으로 달려가고, 모든 것을 알고 싶어 하고, 지칠 줄 모르고,
질문하고, 모든 것을 탐구하고 싶어 한다. 그리고 이것은 아이들을 행복하게 한다.
이러한 아이들은 장차 다음과 같이 확신한다.
'난 내 운명을 내 손 안에 가지고 있어.
나는 미래를 위한 놀랄 만한 계획을 세우고 있어.'"
_『아이들이 들려주는 행복심리학』*에서

* 안톤 부헤르, 송안정 옮김, 알마, 2010

10대에 접어들면서 나아지긴 했지만, 좀 더 어린 시절 우리 아들은 산만한 아이였다. 아장아장 걷기 시작하면서부터 사방팔방 간섭하며 부산하게 굴었다. 저명한 아동 심리학자 피아제의 책에 따르면 아이가 걷기 시작할 때가 대근육의 성장과 활동이 일생 중 가장 활발한 데다가 주의집중 시간이 최대 10분 내외로 아주 짧은 시기라고 하기에, 이 시기의 아이들은 원래 이렇게 에너지가 넘치는 줄로만 알았다.

그런데 두 돌 즈음부터 말을 시작하고 일찍 글자를 깨치면서 신체 활동과 언어 영역이 동시다발적으로 발달하면서 점점 감당하기가 어려워졌다. 예를 들면 이런 식이었다. 책을 보다가 "엄마, 아프리카 애들은 밥을 못 먹는다는데 진짜예요?"라고 물으면서 침울해지고, 다음 순간에는 TV를 보며 춤을 추다가 금세 과자를 집어먹으면서 또 책을 펼치고 끝도 없이 질문을 해댔다.

네 살 무렵 어린이집 수업 참관일에 갔던 날은 아직도 생생하게 기억한다. 1년 동안 열심히 배운 노래와 율동을 선보인다기에, 친정 부모님도 모시고 부푼 마음으로 어린이집으로 향했다. 그러나 내가 그곳에서 본 것은 알록달록한 옷을 입고 "울퉁불퉁 멋진 몸매에 빨간 옷을 입고~" 노래를 부르며, 깜찍하게 율동을 하는 아이의 모습이 아니었다. 아들은 얌전하게 줄을 서 있는 대신 한껏 흥분해 이리저리 간섭하고 돌아다니더니, 결국 노래를 하다가 나와 눈이 마주치자 "엄마다~!" 하고 외치면서 무대를 뛰어내려와 내 품에 와락 달려들었다.

베트남 국제학교의 오픈수업에서도 비슷한 일이 있었다. 교실에 들어간 나를 기다리고 있었던 것은 수업 시간 틈틈이 딴짓을 하는 아들이었다. 아예 뒤로 돌아앉아 의자 등받이를 껴안고 교실 뒤편에 서 있는 엄마들을 신기하다는 표정으로 쳐다보기까지 했다. 내가 화난 표정으로 돌아 앉으라고 눈빛으로 말해도 효과가 없었다. 선생님이야 수업을 하든 말든 천진난만하게 손을 흔들며 웃기만 할 뿐. 다행히 산만함을 호기심으로 인정해주는 학교 분위기 덕분에 3년은 무리 없이 보냈으나, 규율과 질서를 중요하게 여기는 한국의 초등학교에서는 매일매일이 살얼음판이었다. 좋아하는 것에는 몇 시간씩 집중하고, 자기 표현력이 높으니 과잉행동장애는 아니라 했으나, 아이에 대한 평가는 선생님들마다 대체로 비슷했다.

"인사성이 바르고 싹싹합니다. 생각이 독특하고 창의적입니다. 하지만 수업시간에 산만합니다."

"발표를 잘하고 매사에 적극적입니다. 다만……."

그런 얘기를 자주 듣다 보니 슬슬 걱정이 되기 시작했다. 아이도 스스로를 산만하다고 여기고 그것을 고쳐야 하는 단점으로 인식하자 조금씩 위축됐다. 나 역시 "한꺼번에 여러 가지를 하지 마라, 지금 하고 있는 일 한 가지에 집중해라" 하고 잔소리를 하며 사사건건 아이를 통제했다. 아이의 문제 행동은 엄마의 잘못된 양육 탓이 크다는데, 자책감에 시달리기도 했다.

물론 캠핑장에서도 아이는 여전히 산만했다. 텐트를 치다가 벌레를 보면 바로 달려가서 확인하고, 밥을 먹다가도 불쑥 노을이 멋지다고 감탄하며 부랴부랴 휴대폰을 찾아 사진을 찍는다. 밤을 줍다가 아이들 노는 소리가 들리면 냉큼 그쪽으로 달려가 합류한다. 휴대폰을 만지작

내 시선이 바뀌자 아이도 다르게 보였다.
집에서는 정신없게만 느껴지던 행동이 세상일을 궁금해하고,
자연에 두근거리며,
자신이 알고 싶어 하는 것에 과감하게 다가서는 것으로 보인 것이다.

거리다가 다음 순간엔 새소리, 물소리에 반응한다. 그런데 이상하게도 그런 모습이 크게 거슬리지 않았다. 캠핑장에 가자 그런 모습이 아이의 개성이자 장점으로 느껴진 것이다. 내 시선이 바뀌자 아이도 다르게 보였다. 집에서는 정신없게만 느껴지던 행동이 세상일을 궁금해하고, 자연에 두근거려하며, 자신이 알고 싶어 하는 것에 과감하게 다가서는 용기 있는 모습으로 보인 것이다.

사실 얌전하게 있으라는 주문은 어른들을 위한 것이다. 실내에서 아이들이 놀면 이것저것 어지를 수밖에 없고, 그만큼 어른들의 일거리가 많아진다. 아이들이 뛰어다니며 소리 지르는 동안 어른들은 정신이 사나워지고 이웃집에 폐를 끼칠까 봐 신경이 곤두선다. 말하자면 어른들의 질서와 아이들의 무질서가 충돌하는 것이다. 하지만 캠핑장에서는 그 둘 사이의 모순이 줄어든다. 질서와 무질서 사이의 경계가 사라진다. 아이들이 돌이나 나뭇가지를 가지고 놀 때에는 "어지르지 마라" "제자리에 갖다놓아라" 하고 성화할 필요가 없다. 캠핑장은 에너지를 마음껏 발산할 수 있는 해방구였고, 산만한 모습은 아이가 건강하다는 증거였다.

어쩌면 마음이란 애당초 산만할 수밖에 없는 것 아닐까. 새로운 것을 봐도 호기심이 생기지 않는다면, 직접 만져보고 싶지 않다면, 그것이 무슨 '마음'이란 말인가. 이제는 아들에게 이렇게 말해준다.

"모든 것에 미적지근 무감한 것보다는 차라리 산만한 것이 낫다. 세상을 궁금해하고, 수시로 감격하고, 온몸으로 부딪쳐라. 언젠가 오랫동안 집중할 너만의 진짜 운명을 찾을 때까지."

새로운 관계의 울타리

"하루는 우리 반이 좀 일찍 끝나서 나는 혼자 집 앞에 앉아 있었다. 그런데 그때 마침 깨엿
장수가 골목길을 지나고 있었다. (……) 아저씨는 아무 말도 하지 않고 잠깐 미소를 지어
보이며 말했다. '괜찮아.' 무엇이 괜찮다는 것인지는 몰랐다. 돈 없이 깨엿을 먹어도 괜찮다
는 것인지, 아니면 목발을 짚고 살아도 괜찮다는 것인지……. 하지만, 그건 중요하지 않다.
중요한 건 내가 그날 마음을 정했다는 것이다. 이 세상은 그런대로 살 만한 곳이라고, 좋은
사람들이 있고, 선의와 사랑이 있고, '괜찮아'라는 말처럼 용서와 너그러움이 있는 곳이라
고 믿기 시작했다는 것이다."

_「괜찮아」* 에서

* 장영희 외, 『견디지 않아도 괜찮아』, 샘터, 2008

캠핑의 매력에 한창 빠져가던 어느 봄날, 집에 돌아가기 전 짐을 정리하던 중이었다. 개수대에서 설거지를 하고 돌아온 남편이 물었다.

"오늘따라 설거지가 많네. 애들은 어디 갔어?"

"요 앞에 없어? 방금 전까지 흙장난 하고 있었는데?"

불길한 예감에 나가보니 정말 아이들이 없었다. 모래밭엔 만들다 만 모래성과 찌그러진 종이컵만 보일 뿐, '도대체 애들이 말도 안 하고 어딜 간 거야?' 불쑥 걱정이 돼서 아이들을 찾아다니기 시작했다. 캠핑 첫날 하루 종일 놀던 그네 근처에도 없었다. 처음 본 아이들과 잡기놀이를 하던 둔덕에도 없었다. 화장실, 개수대, 샤워장까지 곳곳을 찾아봤지만 흔적도 없었다. 슬슬 불안해지기 시작했다.

캠핑장으로 오는 차 안에서 계곡에서 놀겠다고 조르던 모습이 떠올랐다. 혹시나 싶은 마음으로 달려갔지만, 이른 봄의 계곡은 황량하기만 했다. 캠핑장 밖으로 나갔다가 길을 잃은 것은 아닐까? 혹시 누가 나쁜 목적으로 꼬드겨 데려간 것은 아닐까? 온갖 불길한 생각이 들며 눈물이 핑 돌았다.

"키는 요만하고요, 안경 쓴 남자애랑 핑크색 점퍼 입은 여자애 같이 있는 거 못 보셨나요?"

캠핑장 주인까지 동원해 드넓은 입구부터 끝까지 오가며 만나는 사람들마다 물어보고 다녔다. 남편은 아이들 이름을 목청껏 외쳐댔다. 아이들에게 행여 무슨 일이라도 생기면 나 자신을 용서하지 못할 것 같았다. 그때 누군가가 겸연쩍은 목소리로 말을 걸어왔다.

"혹시 3학년 남자아이와 유치원생 여자아이 남매를 찾으시는 건가요? 걔들 지금 저희 텐트에 있어요."

한달음에 달려가니 아이들이 해맑은 표정으로 낯선 아이들과 함께 있었다. 사연인즉슨, 캠핑 첫날부터 비슷한 또래인 그 집 아이들과 우리 아이들이 잘 어울려 놀았다고 한다. 헤어지기 아쉬워 텐트로 놀러오라고 초대를 했고, 그쪽 부모는 당연히 우리 허락을 받고 온 줄 알았단다. 아이들도 흙장난을 하다가 놀러 가기로 한 시간이 되자 텐트 안에 있던 나에게 분명히 얘기를 했다고 하니, 결국 이 어이없는 소동은 아이들의 말을 주의 깊게 듣지 않은 내가 원인이었던 것이다.

"정말 죄송해요. 그런데, 아이들이 참 밝고 착하네요. 우리 아이들이 또 만나고 싶다고 하는데, 가끔 캠핑장에서 만나면 어떨까요?"

그렇게 우리 아이들은 스스로 새로운 삼촌과 이모를 만들었다. 우리는 계절마다 한 번 정도 캠핑장에서 만나, 함께 먹고 놀며 이야기를 나눈다. 사는 곳도 환경도 전혀 다른 두 가족의 아이들이 자기들끼리 형, 언니, 오빠, 동생이라 부르면서 즐겁게 논다. 부모들은 제각기 아이 친구들의 삼촌과 이모가 되어, 스스럼없는 사이로 발전해간다.

낯가림이 심한 편인 아이들이 캠핑장에서 삼촌과 이모를 쉽게 사귈 수 있던 것은 그들이 언제나 '괜찮다'라고 말해주기 때문이었다. 여기에서는 뛰어다녀도 괜찮아, 하루 종일 놀아도 괜찮아, 어질러도 괜찮아, 저녁에 돌아다녀도 괜찮아, 원하는 것은 무엇이든 맘껏 해보고 느끼고 발산하렴. 여기에서만이라도.

자연에 풀어놓으면, 어른과 아이 모두 여유로워지기 때문일까. 잘난 가족과 못난 가족, 부잣집과 평범한 집, 공부 잘하는 애와 공부 못하

캠핑이 아이들에게 주는 것은 자유로이 놀 수 있는 터전만은 아니었다.
부모가 아닌 어른들과도 '우리'가 되는 소중한 경험.
지지와 응원으로 울타리가 되어주는 삼촌과 이모들.
핏줄로 얽히지는 않았지만 형제와 자매, 남매가 되어주는 친구들 또한 선물이다.

는 애, 구별해서 눈치 볼 필요가 없기 때문일까. 캠핑장에 있는 우리는 똑같이 한 뼘의 땅을 차지하고, 텐트 한 채에 의지한 채 밤을 보낸다. 지위 고하, 잘살고 못살고를 묻지도 따지지도 않는다. 마음이 절로 순하고 편해질 수밖에 없다.

오랫동안 알고 지냈던 남편의 친구 몇몇도 캠핑을 함께 다니면서, 이제야 비로소 아이들에게 삼촌과 이모가 되었다. 몇 날 며칠 밤을 함께 보내고, 먹고 자면서, 긴 시간 대화를 나누다 보니 만나면 목례만 건네는 이웃들보다 훨씬 친근한 모양이다.

"삼촌, 솔직하게 대답해주세요. 술은 몇 살 때부터 마셨어요?"

사춘기에 접어드는 아들 녀석은 편하게 이런 질문을 던진다. 제각기 개성이 넘치는 삼촌들은 아이들의 삶에 또 다른 롤모델이 되어주고, 든든한 후원자 역할을 한다. 운동에 취약한 아빠를 대신해 아들은 삼촌들에게 야구를 배우고, 기타 줄도 튕겨봤다. 삼촌들의 전화번호를 받아놓고는, 만약 아빠 엄마에게 응급상황이 생기면 연락할 테니 도와줄 수 있겠느냐고 묻는 아들을 보면서 신뢰란 이런 것임을 느꼈다.

"당신에게 아들이 있다면, 아들에게 울타리가 되어줄 수 있는 남자 친구 집단을 가지고 있어야 한다. 그럴 때 당신의 아들은 남자 어른들이 자기를 그 세계 속에 받아들여준다는 느낌을 받을 것이다. 당신이 원하지 않으면 굳이 스포츠, 낚시, 컴퓨터 등의 전문가가 되려고 애쓸 필요 없다. 자연스럽게 다른 남자들이 개입해 들어와 그런 분야의 기술을 아들에게 가르쳐줄 것이다."

_『남성 심리학자가 남자에게 말하는 남자의 生』*에서

* 스티브 비덜프, 김훈 옮김, 북하우스, 2000

캠핑이 아이들에게 주는 것은 자유로이 놀 수 있는 터전만은 아니었다. 부모가 아닌 어른들과도 '우리'가 되는 소중한 경험. 지지와 응원으로 울타리가 되어주는 삼촌과 이모들. 핏줄로 얽히지는 않았지만 형제와 자매, 남매가 되어주는 친구들 또한 선물이다. 덕분에 우리 아이들은 이 세상은 살 만한 곳이라고, 좋은 사람들이 있고, 선의와 사랑이 있고, "괜찮아"라는 말처럼 너그럽게 서로를 보듬어주는 곳이라고 믿게 되지 않았을까.

아이가 가장 예쁜 순간

"해가 뉘엿뉘엿 지는 가운에 내 품에 꼭 안긴 아이,
지치지도 않고 놀고 조잘대다가 금세 삐치더니, 언제 그랬냐는 듯 뛰어다니는 아이.
그 이마에 맺힌 작은 땀방울에 캠핑장의 노을이 노랗게 물든다.
이 순간을 잊지 말자.
내 아이의 가장 예쁜 순간을 함께 누리고 소중히 간직하자."

평소에도 아이들은 참 예쁘지만, 캠핑장에서 만나는 아이들은 정말이지 참 예쁘다. 돌 즈음의 아기가 아장아장 걷거나, 야외에서도 드레스를 포기하지 못하는 꼬마 공주님들이 쪼그리고 앉아 풀을 뜯고 빻아 소꿉놀이를 하고 있는 모습을 보면 나도 모르게 흐뭇하게 웃으며 한참을 쳐다보게 된다. 자기 키보다 훨씬 큰 배드민턴 채를 들고 형아들을 졸졸 쫓아다니는 다니는 아가도, 어설프게 팽이치기, 딱지치기, 땅따먹기를 흉내 내며 "내가 이겼네, 네가 졌네" 다투고 있는 서너 살 개구쟁이들도 깨물어주고 싶긴 마찬가지다. 물론 내 손 닿고 내 품 들여야 하는 내 아이가 아닌, 그저 바라보기만 해도 되는 남의 아이여야 한다는 전제가 있지만 말이다.

종종 어울리는 친한 친구의 셋째 딸은 태어난 지 백일 무렵부터 캠핑을 다녔다. 이제 두 돌이 조금 지나 세 살이 된 이 꼬마는 캠핑의 달인이다. 텐트 안에서 배밀이를 배우고, 숲 속에서 걸음마를 연습한 덕에, 캠핑장에 오면 거침이 없다. 조막만 한 손으로 나뭇잎을 모으거나 돌을 쌓으며 놀고, 큰 아이들도 곧잘 걸려 넘어지는 텐트 줄을 잘도 피해 다니고, 생글거리며 잔가지를 모아 땔감을 대준다. 주말마다 이웃들과 두런두런 어울렸으니 사회성도 좋다. 엄마 아빠 삼촌 이모 들이 둘러앉은 자리에서 "아빠 힘내세요~" 하고 애교 섞인 노래를 부르며 실룩샐룩 엉덩이 댄스를 선보여 사랑을 독차지한다.

그 모습을 볼 때마다 10년도 더 지난 이야기지만, 우리 아들의 얼굴에 솜털이 보송했던 때, 딸아이와 처음으로 눈을 맞추었던 시절이 떠올

내가 엄마가 아니었다면 보지 못했을 아이들의 하루하루,
그 놀라운 변화와 성장이 언제부터 이렇게 당연해진 걸까.
첫걸음을 내디뎠을 때의 놀라움과 신비함 못지않은 행복의 순간이 지금도 계속되고 있는데.

랐다. 수천 번을 되새겨도 설렘은 그대로일 것이다. 그 말랑하며 따스하고 여린 감촉의 작은 아이들을 다시 보듬어보고 싶었다. 그리운 기억 속으로 빠져들려는 찰나, 훌쩍 자라 일곱 살이 된 딸아이가 소매를 잡아끌며 따지듯 물었다.

"엄마, 엄마는 왜 맨날 아기들만 예뻐해? 나한테는 언니답게 의젓하게 굴라고 하면서, 엄마가 아기들만 예뻐하면 도대체 나는 어떻게 해야 하는 거야? 내가 다시 아기가 될 수도 없고. 그리고 나는 다른 이모들이 아주 잘해줘도 엄마보다 더 좋다고 생각한 적이 없는데, 내 엄마면서 엄마 딸보다 다른 애들을 더 예뻐하는 게 어디 있어? 나도 엄마 말고, 다른 이모들만 예쁘다고 하면 좋겠어?"

딸아이는 그동안 맺힌 게 많다는 듯 눈물까지 글썽이며, 하지만 울지 않는 것이 마지막 자존심인 듯 꾹 참으며 불만을 쏟아냈다. 뿌루퉁한 모습을 보니, 어느새 다 컸다며 아쉬워하기엔 이 아이는 한참 어렸다. 포동포동한 아기는 아니지만, 야무진 표정으로 솔직하게 자기 생각을 쏟아내는 모습이, 그 오밀조밀한 입술이 사랑스럽기 그지없었다. 자기 의견을 씩씩하게 말할 때는 다 큰 것 같아 든든하면서도 그 속에 여전히 남아 있는 순수한 아이다움에 어쩐지 행복해졌다. 아이들이 작디작은 아기였던 시절을 마냥 그리워했는데, 아이는 언제나 충분히 사랑스럽고 신기한 존재였다. 단지 가끔 잊고 있었을 뿐.

되돌아보면 난 언제나 지금의 아이를 바라보기보다 더 어렸을 때의 아이를 그리워하거나, 더 자랐을 때의 아이를 기대했던 것 같다. 과중한 육아가 부담스럽고, 어서 이 시절이 지나가 편해지고 싶은 마음에 내 앞의 아이를 제대로 바라보지 못한 탓이다. 아이를 키우는 일은 분명 힘들고 어렵다. 내 속에서 나온 생명이지만, 24시간을 함께 지내다 보면 수시로 내 인격의 밑바닥과 마주하게 된다. 하지만 그와 동시에 태어나 처음으로 내 안에 있는 가장 순수하고 아름다운 감정과 만날 수 있었다. 참 고달프긴 했지만, 벅차고 뿌듯하고, 감격스럽고 기뻤던 나날들……

내가 엄마가 아니었다면 보지 못했을 아이들의 하루하루, 그 놀라운 변화와 성장이 언제부터 이렇게 당연해진 걸까. 첫걸음을 내디뎠을 때의 놀라움과 신비함 못지않은 행복의 순간이 지금도 계속되고 있는데. 찬찬히 살펴보니 오늘도 아이는 눈을 빛내며 세상과 교감하고, 어제와는 또 다른 모습으로 쑥쑥 자라고 있다는 것을 알 수 있었다. 그리고 깨달았다. 내일이면 오늘의 아이가 그리워질 정도로, 아이의 지금 이 순간이 가장 예쁘다는 것을 말이다.

해가 뉘엿뉘엿 지는 가운데 내 품에 꼭 안긴 아이, 지치지도 않고 놀고 조잘대다가 금세 삐치더니, 언제 그랬느냐는 듯 뛰어다니는 아이. 그 이마에 맺힌 작은 땀방울에 캠핑장의 노을이 노랗게 물든다. 이 순간을 잊지 말자. 내 아이의 가장 예쁜 순간을 함께 누리고 소중히 간직하자.

남자들만의 캠핑을 떠난
아들에게

"들뜬 기분을 너그럽게 보아주고, 고독을 존중하며,
불만을 받아들여주는 것이 부모로서 아이를 도와주는 것이다.
꼬치꼬치 따지지 않는 것이 가장 크게 도와주는 길이다.
참된 선인은 (⋯⋯) 집 없는 사람에게 집에 무슨 일이 있었냐고 묻지 않는다.
십대 아이에게 부모도 그렇게 해야 한다."
_『부모와 십대 사이』*에서

* 하임 G. 기너트, 신홍민 옮김, 양철북, 2003

"엄마는 집에서 좀 쉬세요. 이번에는 남자들끼리만 가보고 싶어요!"

짐짓 엄마를 위하는 척 말했지만, 아빠랑 둘만 캠핑을 가고 싶다는 아들에게 난 내심 서운했다. 이젠 나보다 밥도 많이 먹고 키도 훌쩍 컸지만, 비염에 아토피가 있어 먹을거리며 잠자리까지 내 손이 닿아야 하는데 과연 남편 혼자 잘 챙길 수 있을까 걱정도 됐다.

"귀찮아도 라면 말고 밥 먹고, 샤워한 후 로션은 꼭 바르고, 어두운 데서 게임하지 말고, 텐트 칠 때 아빠 좀 도와드리고……." 계속 이어지는 내 잔소리에 아들은 "아이 참, 엄마, 저 혼자도 다 할 수 있다니까요!" 하고 소리치며 집을 나섰다. 그 모습이 서운하면서도 이상하게 든든했다. 아이에게 이런 내 마음을 보여주고 싶어서, 편지를 한 통 썼다.

나의 영원한 아가, 내 품 안에 안겨 있던 작디작은 존재.
엄마의 체온이 닿지 않으면 잠들지도 못했던 네가 매일매일 자라더니,
어느덧 여기까지 왔구나.
오늘 나는 네가 "엄마 없이 나 혼자서 할 수 있어요"라고 말해줘서 참
으로 고마웠다.
새삼스럽지만, 더 이상 네가 엄마한 테만 의존하던 갓난아이가 아니라
는 것을 깨달았거든.
걸핏하면 길에서 넘어지고, 짓궂은 친구들한테 맞고 와서 훌쩍이고,
받아쓰기를 힘들어하던 게 어제 같은데, 이제는 엄마 없이도 제 할 일
다 챙기고, 하고 싶은 말을 하는구나.

엄마가 너의 성장 속도를 미처 따라잡지 못하고 마냥 어린아이 취급만 했던 것 같아 미안하다.

아빠와 단둘이 떠난 캠핑은 즐겁니? 지금은 뭘 하고 있니?
엄마가 같이 갔으면 위험하다며 손에도 못 대게 했을 어른용 망치로 팩도 치고, 도끼로 장작도 패고, 직접 냄비 밥도 지어보겠다는 계획은 모두 잘 되고 있니?
네가 처음으로 지은 밥은 어떤 맛일지 정말 궁금하구나.
아빠와 무슨 이야기를 나눌지도 궁금하네.
엄마는 모르는 아빠의 첫사랑 이야기?
엄마 잔소리 안 들으니 좋다는 이야기?
아무튼 마음에만 담아둔 고민이 있다면 이 기회에 맘껏 아빠한테 풀어놓으면 좋겠다.
아빠의 잔에 소주를 따르며 "엄마에겐 비밀이에요" 속삭이고 있을 두 사람을 떠올리니 어쩐지 서운하기도 하지만, 돌아오면 너한테 아무것도 묻지 않으리라 다짐하고 있다.
내가 모르는 너만의 세상, 너만의 관계들이 어떤 모습일지 때로는 두렵고 불안하지만, 너를 믿으며 엄마라는 자리를 지키고 있으려 한다.

앞으로 너에겐 너만이 삶이 펼쳐질 테고, 아마도 우린 때때로 다투기도 하겠지만 한 가지만 약속할 수 있겠니?
두렵거나 힘든 순간이 오면 반드시 가족과 함께 풀어나갈 것.
너의 뒤엔 가족의 사랑과 응원이 버티고 있다는 것을 잊지 말 것.

우리에겐 좋은 추억들이 많으니 잘해낼 수 있을 거야.

숲길을 걸으며 함께 뒹굴고 야생에서 살아냈던, 모닥불을 보며 깊은 속마음을 털어놓던, 좁은 텐트 안에서 복닥댔던 우리만의 시간이 네가 앞으로 걸어갈 길의 자양분이 될 거라 믿는다.

Tips
for
Camping 2

후회 없는 캠핑장 고르기

❶ 캠핑장 선택, 어떻게 해야 할까요?

같은 캠핑장이라도 좋은 추억이 될 수도, 기억하고 싶지 않은 악몽이 될 수도 있어요. 캠핑장은 캠핑의 목적과 가족이 원하는 스타일, 그리고 구비한 장비를 고려해 선택해야 합니다.

누구나 좋아하는 캠핑장

서울에서 가깝고, 규모도 커서 쉽게 갈 수 있는 캠핑장들이다. 교통, 시설 등 모든 면에서 편리하지만, 성수기에는 매우 혼잡한 것이 단점.

– 가평 자라섬 캠핑장(경기 가평군 가평읍, www.jarasumworld.net): 세계캠핑대회를 유치한 전력이 있는, 국제 규격의 시설을 갖춘 캠핑장의 성지.

– 연천 한탄강 오토 캠핑장(경기 연천군 전곡읍, www.hantan.co.kr): 물놀이장, 산책로 등 편의시설을 잘 갖추고 있다.

– 김포 한강 오토 캠핑장(경기 김포시 하성면, www.kimpocp.co.kr): 풀 세팅된 텐트를 대여할 수 있어 가볍게 갈 수 있다.

최신 시설을 갖춘 캠핑장

적당한 숲과 계곡, 잘 정비된 텐트 사이트, 깔끔한 개수대와 샤워장을 갖춘 리조트 같은 캠핑장들은 초보자도 어려움 없이 이용할 수 있지만, 그만큼 인기가 많아 예약하기 어렵다.

- 가평 합소 오토 캠핑장(경기 가평군 설악면, www.hapso.net): 유명산 어비계곡에 위치해 물놀이를 즐길 수 있고, 특히 가을 단풍이 절경이다.
- 양평 솔뜰 오토 캠핑장(경기 양평군 옥천면, www.solddeul.com): 울창한 솔숲과 넓은 잔디밭에 놀이방, 물놀이장, 탁구장 등의 편의시설을 두루두루 갖추고 있다. 시설이 깔끔하고, 텐트 사이트가 넓다고 입소문이 난 곳.
- 가평 휴림 펜션(경기 가평군 북면, www.hurimpension.com): 조용히 휴식을 취하기에 더할 나위 없이 좋은 곳으로, 잔디마당과 족구장이 있다.

야생의 느낌 그대로! 오지형 캠핑장

4륜구동 SUV 차량이 아니면 쉽게 접근하기 어렵지만, 그만큼 인적이 드물고 자연 그대로를 만끽하기 좋은 곳이다. 단 전기나 수도시설이 없는 곳도 있으니 초보 캠퍼들은 심사숙고 후 결정하는 것이 좋다.

- 가평 경반분교 캠핑장(경기 가평군 가평읍, cafe.naver.com/kyungban): 폐교를 개조한 캠핑장. 차도 전기도 없는 오지에서 한적하게 자연을 만끽할 수 있다.
- 남양주 팔현 오토 캠핑장(경기 남양주시 오팔읍, www.tourup.co.kr): 울창한 잣나무 숲 한가운데서 캠핑을 즐길 수 있다.
- 양평 포레스트 캠핑장(경기 양평군 청운면, www.forestcamp.co.kr): 깊은 숲 속 놀이터 같은

양평 솔뜰 오토 캠핑장

가평 휴림 펜션

가평 자연애 캠핑장

포천 허브 밸리 캠핑장

곳. 트램펄린 등 놀이 시설도 있어 아이들이 맘껏 뛰놀 수 있다.

나만의 개성, 부티크형 캠핑장
상대적으로 규모는 작지만 아늑하고 독특한 개성이 있어 아지트처럼 느껴지는 캠핑장들. 몇 번 가다 보면, 주인장을 비롯해 이웃들과도 금세 친해진다.
- 가평 리스 가든 캠핑장(경기 가평군 상면, cafe.daum.net/leaseGargen): 개인 전원주택 앞마당과 배나무 밭을 캠퍼들에게 개방한 곳. 규모는 작지만 오붓한 캠핑을 즐길 수 있다.
- 가평 자연애 캠핑장(경기 가평군 설악면, cafe.daum.net/naturelovecamp): 넓은 사이트 면적에 수영장, 놀이터, 미니 극장을 갖추고 있어 어린이들이 안전하게 즐길 수 있다.
- 포천 허브 밸리 캠핑장(경기 포천시 영북면, cafe.daum.net/herb2u): 아기자기한 정원과 야생화 단지가 어우러져 무척 아름답다.

숲 속에서의 하룻밤, 산속 캠핑장
숲을 벗 삼아 어울리고 싶다면, 휴양림 못지않은 울창한 숲을 자랑하는 캠핑장이 최고다.
- 포천 유식물원(경기 포천시 신북면, www.yoogarden.com): 식물원을 겸하는 숲 속 캠핑장. 종종 텐트 사이를 뛰어다니는 토끼들도 볼 수 있다.
- 평창 솔섬 오토 캠핑장(강원 평창군 봉평면, solsum.com): 솔숲에 둘러싸인 대규모 캠핑장으로, 수량이 풍부한 계곡을 끼고 있다.

힐링과 낭만을 동시에, 바닷가 캠핑장
바닷가에 있는 캠핑장은 숲과는 또 다른 매력이 있다. 바닷바람을 맞으며 오후의 낮잠을 즐기고 싶은 사람들에게 추천한다.
- 몽산포 오토 캠핑장(충남 태안군 남면, www.몽산포오토캠핑장.com): 바닷가 해송 아래 넓은 캠핑 공간을 갖추고 있는 서해안 캠핑장의 성지.
- 영월 솔밭 오토 캠핑장(강원 영월군, www.solbatcamp.co.kr): 앞으로는 동해가, 뒤로는 울창한 소나무 숲이 있는 곳. 수령 50년 이상의 크고 굵은 소나무 그늘 아래 넓은 텐트 사이트가 마련돼 있다.
- 동해 망상 오토 캠핑장(강원 동해시, www.campingkorea.or.kr): 캠퍼들만을 위한 해변이 따로 있어서 여유롭게 해수욕을 즐길 수 있다.

색다른 체험을 하고 싶다면
캠핑 외에도 아이들을 위해 다양한 체험학습을 하고 싶을 때 가면 좋은 곳들이다.
- 마검포 힐링 캠핑장(충남 태안군 마검포, www.healingcamping.net): 드넓은 해수욕장에서 캠핑과 갯벌 체험을 동시에 할 수 있다.
- 고성 상족암 캠핑장(경남 고성군 하이면, visit.goseong.go.kr): 공룡 발자국 화석 발굴지 안에 조성되어 있어, 공룡박물관 등을 견학하기에 좋다.
- 서산 삼원 레저타운 캠핑장(충남 서산시 팔봉면, www.samwonlesure.co.kr): 골프장의 넓은 잔디밭 위에 텐트를 치고, 승마 체험도 해볼 수 있다.

평창 솔섬 오토 캠핑장

몽산포 오토 캠핑장

영월 솔밭 오토 캠핑장

마검포 힐링 캠핑장

❷ 캠핑장 예약 시 반드시 확인할 것들!

가고 싶은 캠핑장을 정했다면 홈페이지를 찾아 사전 예약 유무를 반드시 체크해야 합니다. 캠핑장에 따라 텐트 설치 구역을 미리 지정하는 경우도 있고, 선착순으로 자리를 배정하는 곳도 있으니 꼭 확인하세요. 아래는 반드시 확인해야 하는 사항들입니다.

- 전기나 부대시설 사용 시 추가 이용료 유무.
- 해약 또는 일정 변경 시 환불 규정(사설 캠핑장이 많아 규정이 제각각임).
- 개수대와 샤워장의 온수 사용 가능 여부.
- 화로 및 장작의 사용 및 구입 가능 여부.
- 놀이시설 및 매점의 유무(매점이 없는 경우 식료품 준비를 더욱 꼼꼼히 해야 함).
- 애완동물 동행 가능 여부.

❸ 캠핑장에도 명당이 있나요?

한 텐트 당 배정되는 사이트의 크기가 50제곱미터 이상, 큰 나무 그늘이 있고, 바닥이 평평해 배수가 잘되는 곳을 명당으로 칩니다. 주변에 해먹을 걸 수 있는 나무까지 있다면 더 할 나위 없이 좋습니다. 한적하고 외진 곳도 괜찮지만, 아이들과 함께 갈 때는 개수대와 매점, 물놀이 시설이 가까운 곳이 편리합니다. 또 차들이 많이 지나다니지 않는 곳이어야 안전하고 조용합니다. 겨울에는 여름과 반대로 볕이 잘 드는 곳이 팩 박기가 수월하고, 장비들도 얼지 않습니다.

3

캠핑으로
자라는 가족

또 뭐 샀어?

"김형경의 책 『남자를 위하여』에 따르면,
남자들은 자기 내면이나 감정을 전달하는 데 익숙하지 않기 때문에,
사물로 자신을 표현한다고 한다.
자기 기분이 어떤지를 말하기 위해 스마트폰과 자동차에 대해 언급하고,
자신의 욕구도 특정한 사물이나 기계에 빗대 얘기한다는 것이다."

딩동. 그날도 어김없이 벨소리가 울렸다. 큼직한 상자와 길쭉하고 가벼운 상자, 손바닥만 한 작은 상자에 이어, 커다랗고 묵직한 자루까지 현관에 내려놓으며 택배 기사님이 의아한 듯 물었다.

"아니, 도대체 여긴 뭐 하는 집이에요?"

"네? 그냥, 보통 가정집인데요."

"아니, 가정집에서 장작을 이렇게 많이 어디에 써요? 지난번에 숯도 무지 무거웠는데. 날마다 무슨……."

괜스레 미안해서 재빨리 음료수 한 잔을 건넸지만, 나 역시 도대체 우리 집은 뭐 하는 집이기에, 날마다 장비에 숯에 장작까지 산처럼 쌓여가는 것일까 어처구니가 없었다. 텐트와 버너 정도는 기본이니 이해했다. 앉아서 밥은 먹어야 하니, 테이블과 의자도 환영했다. 잠자리도 중요하니, 매트리스까지는 기꺼이 받아줬다. 그런데 어느 날 화로대를 사더니, 거기에 맞는 테이블과 의자를 따로 들이고, 어느새 집 이불은 침낭으로, 집 냄비는 코펠로, 일회용 그릇들은 스테인리스 그릇으로 바뀌어 있었다. 그늘을 만들려면 타프가 있어야 한다며 사더니, 또 스크린과 폴대, 팩과 팩 가방 주문이 줄줄이 이어졌다. 이미 종류별로 랜턴이 있었지만, 가스 랜턴 하나 갖는 게 소원이었던 남편은 자기 생일 선물이라며 주문을 했다.

집에서는 밥그릇과 국그릇 구별도 못하던 사람이 주방 용품까지 참견했다. 설거지통과 식기 건조망을 사더니, 위생을 위해 캠핑용 수저 세트, 나무도마와 칼이 따로 필요하단다. 아이들을 핑계로 해먹을 사고,

겨울이 되자 기다렸다는 듯이 난로와 서큘레이터, 전기장판을 들여놓았다. 물론 여름에는 대형 아이스박스와 선풍기, 각종 물놀이 용품이 주문 대기 중이었다.

그게 끝이 아니었다. 이 많은 짐을 실을 수 있는 무언가가 또 필요했다. 점점 늘어나는 짐을 감당할 수 없게 되자 자동차 지붕 위에 올릴 수 있는 루프백을 구입했다. 루프백 덕분에 짐을 실을 공간에 여유가 생기니 또 새로운 물건들이 배달되기 시작했다. 남편의 장비 사랑은 도무지 그 끝이 보이지 않았다.

"장작은 그냥 캠핑장에서 사자! 택배 아저씨한테도 민망하고 집에 쌓아놓을 데도 없잖아."

참다못해 말을 꺼내자 남편은 그건 안 될 말이란다. 질 좋은 국산 참나무를 햇볕에서 오랫동안 잘 말린 장작으로 모닥불을 피워야 한다나 뭐라나. 숯도 연소가 잘돼서 연기가 덜 나고 고기에 향도 은은하게 배는 제품이 필요하단다. 사야겠다 싶은 것이 있으면 몇 날 며칠, 컴퓨터 앞에 앉아 성능과 가격을 비교하고, 표로 정리해 캠핑 친구들에게 자문을 구하며 이것저것 따지면서 토론을 해댔다.

어이가 없었지만 도대체 캠핑 장비가 뭐기에 이 사람을 이리 변하게 만들었을까 궁금하기도 했다. 무언가를 살 때, 이렇게 결연하고 사명감 넘치는 모습은 10여 년 전 첫 차를 장만하던 때 이후 처음이었다. 가난한 집의 막내아들로 살았던 남편은 생전 처음 가져보는 차라며, 아이들과 함께 타야 하니 잘 골라야 한다고, 카탈로그를 보며 며칠 동안 고민하고 꼼꼼하게 따져 선택했다. 그 밖에 필요한 것들은 거의 저렴하고 편한 것들 위주로 대충 골라 낡을 때까지 아껴 썼다. 결혼 때 장만한 예단

남편은 사야겠다 싶은 것이 있으면 몇 날 며칠, 컴퓨터 앞에 앉아 성능과 가격을 비교하고,
표로 만들어 캠핑 친구들에게 자문을 구하며 이것저것 따지면서 토론을 해댔다.

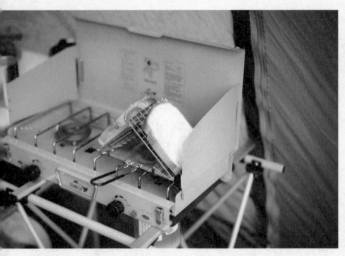

양복 한 벌로 10년 동안 각종 경조사를 치러낸 사람이 캠핑을 시작하면서 완전히 달라졌다.

전에 없이 장비에 집착을 하니, 처음에는 이 사람이 왜 이러나 신기했고, 나중에는 걱정이 됐다. 가족을 위해 시작한 캠핑인데 겉멋에 빠져 정작 중요한 것을 놓치는 것은 아닐까 염려되고, 당장 통장에서 빠져나갈 카드 대금을 생각하면 심란했다.

"캠핑 용품이 그렇게 좋아? 요즘 좀 당신답지 않네."

우려 섞인 질문에 남편은 의외의 대답을 내놓았다.

"조립하고 접었다 폈다 하면 그럴싸한 모양이 나오는 게, 꼭 장난감 같아서 자꾸 사게 되네. 앞으로는 자제할게. 걱정 마."

그러면서 텐트에 묻은 흙을 꼼꼼히 털어내고, 금이야 옥이야 애지중지 랜턴을 닦았다. 자신이 간절히 원해 고르고 고른 물건을 아끼는 그 모습에 초등학생 아들이 레고 장난감 조립을 마치고 뿌듯하게 바라보

던 모습이 겹쳐 보였다. 남편의 표정은 공주 스티커를 꼭 쥐고 빙그레 웃으며 계속 들여다보는 유치원생 딸아이와 크게 다르지 않았다.

김형경의 책 『남자를 위하여』에 따르면, 남자들은 자기 내면이나 감정을 전달하는 데 익숙하지 않기 때문에, 사물로 자신을 표현한다고 한다. 자기 기분이 어떤지를 말하기 위해 스마트폰과 자동차에 대해 언급하고, 자신의 욕구도 특정한 사물이나 기계에 빗대 얘기한다는 것이다. 누군가와 깊은 친밀감을 공유하고 싶을 때는 사물들에 특별한 애착을 보인다고 한다. 그렇다면 "의자를 좀 바꿀까"라는 남편의 말은 지금 현실의 자리가 불편하다는 뜻이고, "더 좋은 랜턴을 사고 싶어"라는 말은 그의 마음 어딘가가 빛을 원한다는 뜻일 수도 있지 않을까. 캠핑 용품에 애착을 보이는 모습은 실은 가족과 더 많이 친해지고 싶은 마음일 수도 있겠다 싶었다.

그래서 이제는 남편이 장비에 대해 얘기할 때 "이게 꼭 필요해?"라고 따지거나 말리지 않는다. 대신 그것들을 통해 말하고 싶은 속마음은 무엇일까 헤아려본다. 한 발 물러서 그것이 왜 필요한지, 자금 조달은 어떻게 할 것인지, 함께 계획을 세우고 궁리를 하자 남편이 조금씩 달라졌다. 공통의 관심사가 생겨 대화를 하게 되니 1석, 그 과정에서 스스로 불필요함을 깨닫고 조절하는 능력이 생기니 2조의 효과라고 할까. 그 결과 택배 기사님의 방문이 현저하게 줄어들었다.

캠핑 3년, 지금 갖추고 있는 장비가 우리에겐 최적화된 것들이며, 가장 효율적이고, 예쁘고, 편리하다고 생각한다. 물론 그중에는 싸다고 무턱대고 사놓고 후회하는 의자도 있고, 남들 가진 게 근사해 보여 덩달아 샀지만 쓸모없었던 스크린도 있다. 철저하게 실용 위주라 모양이나 브랜드도 따지지 않고, 여기저기에서 사서 모았으니, 장비 고수 캠퍼들이 보기에는 색깔도 우후죽순 볼품없고 구색도 초라할 것이다. 하지만 가난했던 소년이 자라서, 자기 능력으로 원하는 물건을 구입하고 관리하며 느꼈을 희열이 담겨 있기에 우리에겐 그 무엇보다 특별하다. 에둘러서 말할 수밖에 없었던 남편의 수많은 마음이 우리 가족에겐 정말 애틋하고 소중하다.

캠핑장 스캔들

"애초에 캠핑을 가기로 한 것도 역시 부모 역할의 일환이었을 뿐이다.
자연에서 뛰노는 경험이 아이들 정서에 좋다고 하니까.
그런데 그곳에서 기대하지도 않은 일이 일어났다.
무채색으로 밋밋해져가던 우리 부부 사이에 생기가 돌기 시작한 것이다.
결혼 전처럼 뜨겁고 열정적이지는 않았지만,
다시금 상대를 있는 그대로 바라보면서
이젠 지나갔다고만 여겼던 감정이 조금씩 되살아났다."

이 모든 것이 드라마를 너무 많이 본 탓이다. 그 세계에서는 사랑이면 만사가 오케이다. 주인공들이 사랑으로 온갖 반대와 세상의 편견을 극복하면, 드라마는 후다닥 몇 년 후로 넘어가면서 끝이 난다. 주인공들 곁에는 귀여운 아이들이 뛰어다니고, 두 사람은 여전히 서로를 좋아 죽겠다는 눈빛으로 바라보면서 와인 잔을 기울인다. 모든 로맨스는 '두 사람은 결혼해서 행복하게 살았습니다'가 결론이다. 나 역시 그렇게 살게 되리라 믿었다. 우리의 사랑도 충분히 달달했으며 딴에는 극적으로 결혼에 골인했으니 말이다.

드라마가 결혼 이후의 모습을 보여주지 않는 이유는 결혼한 다음에야 알았다. 물벼락을 맞고, 집에서 쫓겨나면서까지 지켰던 사랑이, 일상의 비루함 속에서 어떻게 빛이 바래는지 생생하게 겪었다. 아이를 낳고, 아빠와 엄마가 됐다. 부모 역할은 무척이나 부담스러웠다. 하루하루 허둥지둥 동분서주하다 보니 힘겹고 진이 빠졌다. 그렇게 노력하는 서로가 애틋하기도 했지만, 늘 아이가 먼저라 상대를 돌아볼 여유가 없었다. 둘째가 태어났을 때는 슬슬 부모 역할에 익숙해졌고 약간이지만 여유도 생겼다. 하지만 서로에 대한 애틋함은 어느새 식어버리고 말았다. 더운밥이 찬밥이 되듯 자연스럽게.

서로 노력하지 않은 탓이 컸다. 아내와 엄마 역할에 치여 나 자신을 지키고 가꾸는 것에 전혀 신경 쓰지 못했다. 남편 역시 언제나 피곤해했다. 회사에서나 집에서나 그는 늘 이거 해달라 저거 해달라 요구하고 보채는 사람들에게 둘러싸여 있었다. 우리 두 사람은 아빠, 엄마, 남편,

아내 역할을 해내는 것에 지쳐 점점 서로에게 무감해졌다.

"아이들한테 좋다니까 한번 가보지 뭐."

애초에 캠핑을 가기로 한 것도 역시 부모 역할의 일환이었을 뿐이다. 주말이면 아이들이 심심해 하니까, 자연에서 뛰노는 경험이 아이들 정서에 좋다고 하니까. 그런데 그곳에서 기대하지도 않은 일이 일어났다. 무채색으로 밋밋해져가던 우리 부부 사이에 생기가 돌기 시작한 것이다. 결혼 전처럼 뜨겁고 열정적이지는 않았지만, 다시금 상대를 있는 그대로 바라보면서 이젠 지나갔다고만 여겼던 감정이 조금씩 되살아났다.

사실, 캠핑은 온통 남자가 움직여야 하는 일로 가득 차 있다. 그 많은 짐들을 챙기고 루프백을 번쩍 들어 올리는 일부터, 크고 무거운 텐트를 펼쳐 집을 만들고, 바닥에 팩을 박고, 각종 장비들을 조이고 정비해서 자리를 잡고, 비가 오면 배수구를 만들고, 눈이 오면 삽을 들고 눈을 치워야 한다.

그 속에서 10여 년의 결혼생활 동안 희미해지다가 어느새 자취를 감춰버렸던 '남자'가 서서히 제 모습을 드러내기 시작했다. 봄볕 아래서 땀 흘리며 텐트와 타프를 치는 데 골몰해 있는 남편을 보고 있자니 연애 시절처럼 설렜다. 그을린 팔뚝으로 땀을 훔치며 "물 한 잔 줘" 하고 말할 때는 괜히 가슴이 떨렸다. 하루는 망치와 톱만 갖고 간단한 캠핑 장비들을 뚝딱 만들어내는데, 나무와 공구를 다루는 모습이 정말이지 근사해 보였다. 주말마다 소파에서 뒹굴며 초등학생 아들과 리모컨 쟁탈을 벌이던 남편은 온데간데없었다. 한겨울 혹독한 추위 속에서 모닥불을 피우기 위해 도끼로 장작을 쪼개 쌓아놓는 모습도 멋있었다. 도끼질을 하는 남편의 표정에선 쾌감과 만족감이 배어나왔다. 하긴, 온 힘

하루는 망치와 톱만 갖고 간단한 캠핑 장비들을 뚝딱 만들어내는데,
나무와 공구를 다루는 모습이 정말이지 근사해 보였다.
주말마다 소파에서 뒹굴며 초등학생 아들과 리모컨 쟁탈을 벌이던 남편은 온데간데없었다.

을 한곳에 모아 내려칠 때, 쩍 하고 갈라지는 통나무를 볼 때 얼마나 짜릿할까. 내 몸의 힘과 능력을 실감하며 사물을 의지대로 다루는 기분은 겪어본 사람만이 알 것이다. 사무실에 앉아 서류와 컴퓨터 모니터로만 일하는 세상에서는 절대 느낄 수 없는, 그 만족감과 뿌듯함.

이쯤 되자 난 그 유명한 채털리 부인의 마음이 이해가 갔다. 소설 『채털리 부인의 사랑』에서 전쟁에서 부상당해 불구가 된 남편과 정신적인 사랑만을 나누다가, 숲 속에서 도끼질을 하는 산지기의 건강한 육체가 뿜어내는 에너지에 속수무책으로 빠져드는 그 마음 말이다. 남자가 도끼질을 할 때, 그 어깨와 꿈틀거리는 근육이 얼마나 매력적인지 이제야 알게 된 것이다. 게다가 주말마다, 망치질 도끼질을 열심히 하더니 남편은 배가 눈에 띄게 줄어들고, 근육이 붙으며 어깨도 넓어졌다. 운동 부족으로 마른 비만이었던 사람이 캠핑을 하면서 점점 더 날렵하고 탄탄해지는 모습을 지켜보는 것은 또 다른 즐거움이었다.

이제 나는 남편이 소파에 달라붙어 꼼짝달싹하지 않을 때, 내가 아프든 말든 고주망태가 되어 들어올 때, 도대체 왜 이 남자랑 결혼을 했을까 후회가 밀려올 때, 캠핑을 떠나자고 청한다. 캠핑장에 가면 집에선 절대 볼 수 없는 새로운 남자를 만날 수 있다. 이렇게 씩씩한 에너지가 넘치는 사람이 숨 막히는 사무실과 답답한 아파트에 갇혀 있었다고 생각하면 서운함이 조금씩 사라진다. 결혼 13년차를 맞이한 우리 부부에게 캠핑장은 새로운 사랑의 장이다.

텐트를 걷은 후에

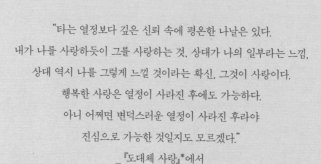

"타는 열정보다 깊은 신뢰 속에 평온한 나날은 있다.
내가 나를 사랑하듯이 그를 사랑하는 것, 상대가 나의 일부라는 느낌,
상대 역시 나를 그렇게 느낄 것이라는 확신, 그것이 사랑이다.
행복한 사랑은 열정이 사라진 후에도 가능하다.
아니 어쩌면 변덕스러운 열정이 사라진 후라야
진심으로 가능한 것일지도 모르겠다."

_『도대체 사랑』*에서

* 곽금주, 쌤앤파커스, 2012

파리가 좋은 이유는 파리가 아름다워서라기보다 그곳에 있는 시간이 3일뿐이기 때문이라는 말이 있다. 처음엔 마냥 설렜던 캠핑 역시 되풀이되자 슬그머니 균열이 생겼다. 그날도 그랬다. 몸살 기운이 있던 여자는 이번 캠핑이 내키지 않았다. 게다가 얼굴 한 번 본 적 없는 남자의 회사 동료들과 함께라니. 분명 남자들은 자기네들끼리 술이나 마실 테고, 처음 본 여자들은 서로 눈치를 보느라 어색할 게 뻔했다. 게다가 큰아이는 감기에 걸려 쉬고 싶어 했고, 작은아이는 친구의 생일파티에 가고 싶다며 뾰로통해 있었다. 여자는 가족들을 배려하지 않고, 홀로 일정을 결정해 통보한 남자에게 서운함이 밀려왔다.

길이 막혀 몇 시간째 도로에서 오도 가도 못하게 되자 남자는 짜증이 치밀었다. 캠핑에 서툰 회사 팀장 가족과 가야 하니 준비 좀 잘 해달라고 몇 번이나 당부했는데, 출발 전까지 장도 보지 않은 여자가 못마땅했다. 남자 역시 이번 캠핑이 내키지 않기는 마찬가지였다. 계속된 야근으로 주말에는 좀 편하게 쉬고 싶었다. 하지만 팀장 이하 동료들이 가족들끼리 함께 단합해보자며 떠나기로 한 캠핑을 혼자 거절할 수는 없는 노릇 아닌가. 이럴 때 여자가 알아서 척척 도와주면 좋으련만, 거들기는커녕 늑장을 부리니 고운 말이 나오지 않았다.

여자의 예상은 적중했다. 회사에서 매일 볼 텐데 뭐가 그리 반가운지, 남자는 가족들은 거들떠보지도 않았다. 돌아가면서 서로의 텐트를 둘러보고, 장비를 치켜세우며 흥분하더니 초저녁부터 술판이 벌어졌다. 여자들은 어색하게 인사를 나누고, 더 어색하게 음식 준비를 시작했다. 긴장한 채 서로를 탐색하느라 자리를 뜨지도 못했다. 나름대로 신경 써서 신선한 삼겹살을 사가지고 왔는데, 다른 동료의 부인은 1등급 한우를 내놨다. 밑반찬도 미처 챙기지 못했는데. 준비를 부실하게 해서 남편 기죽이는 것은 아닐까 괜한 걱정이 시작됐다. 처음 만난 아이들도 어색하긴 마찬가지였다. 놀이 방법이 각기 다른 아이들은 자주 다퉜고, 울음소리가 나면 혹시 우리 아이가 우는 것은 아닐까, 행여 울린 것은 아닐까, 조마조마 가시방석이었다.

남자 역시 이 자리가 불편했다. 사무실에서는 나름 캠핑 전문가로 통하니 팀장과 동료들에게 능숙한 솜씨를 보여주고 싶었는데 계속 뭔가 어긋나는 기분이었다. 일단 회사 밖까지 이어지는 일 이야기가 지겨웠다. 게다가 은근히 까다로운 팀장이 캠핑 장비부터 아이들 성향까지 함께 온 동료와 자신을 비교하는 것 같아 언짢았다. 그 와중에 아이들이 놀던 쪽에서 울음소리가 들렸다. 남자의 아들이 땔감을 모으다가 하필이면 팀장 아이의 얼굴에 생채기를 낸 것이다. 아들을 따로 불러 야단을 쳤다. 평소답지 않게 심하게 훈계를 하고 나니, 더욱 마음이 심란했다. '도대체 뭐 하는 거야, 아이들 좀 단속하지 않고.' 수다나 떨고 있는 여자에게 원망이 옮겨갔다.

"부부가 함께 주거니 받거니 하는 모습이 참 보기 좋네요." 아빠에게 혼이 나서 마음이 상한 아들을 달래주고 싶은데, 팀장은 여자에게 거듭 술을 권했다. 여자는 남편의 상사가 주는 잔을 거절할 방법이 없었다. 내키지 않는 술을 억지로 마시니 편두통이 몰려왔다. 일과 회사, 재미없는 대화가 길게 이어졌다. 그 옆에서 여자는 고기를 굽고 찌개를 끓여 밥상을 차렸고, 상을 치운 후 다시 술안주를 만들어 내갔고, 과일을 깎았으며, 어묵탕을 끓여 내놓았다.

다음 날 아침, 돌아오는 길도 막혔다. 새벽까지 이어진 술자리에 잠을 설친 남자와 여자는 신경이 곤두서 있었다. 남자가 먼저 말을 꺼냈다.

"아침에 좀 일찍 일어나서 뒷정리 좀 하지 그랬어? 팀장 부인이 혼자 치우는데, 내가 다 민망하더라."

울컥한 여자가 되받았다.

"술자리에 끝까지 남아서 분위기 맞추고 뒷정리한 사람이 누군데 그 래? 막걸리 때문에 머리 아파 죽겠는데. 나 일 시키려고 데려온 거지?"

어색한 침묵이 흐르는 사이, 빗방울이 후두두둑 떨어졌다. 아뿔싸! 자동차 지붕에 얹어놓은 루프백의 줄을 타고 빗물이 차 안으로 들어오 기 시작했다. 수건으로 닦아냈지만 계속 새어 들어오는 빗물을 감당할 수가 없었다. 남자는 길가에 차를 세웠다. 루프백 안으로도 물이 들어 가진 않았는지 점검할 요량이었다. 평소 같으면 나가서 거들었을 여자 지만, 이번에는 내키지가 않았다. 자신의 수고를 알아주지 않는 남자가 서운했고, 그렇다면 이 난관도 혼자 해결해보라지 하는 오기였다. 차 안에 앉아 물끄러미 밖을 내다보는데, 루프백의 줄을 잡고 끙끙대고 있 는 남자의 젖은 머리가 눈에 들어오자 여자는 마음 한구석이 짠해졌 다. 의연한 척하지만, 남자의 사회생활이란 긴장감과 피로의 연속이라 는 것을 새삼 느꼈다. 그 무거움이 빗물처럼 그의 어깨를 적시는 것 같 았다. 그제야 밖으로 나가 루프백의 줄을 잡고 남자가 잡기 편하도록 올려줬다. 혼자서는 쉽지 않았던 일이 손 하나를 보태자 금세 해결됐 다. 남자는 여자가 건네는 수건으로 젖은 머리를 닦았다. 그러면서 남 자도 알게 됐다. 겉으로 표현하지는 않지만 여자 역시 최선을 다해 자

가족 간의 정은 그 온도를 알 수 없지만, 젊은 시절의 사랑보다 오히려 더 뜨겁고, 믿을 만한 진짜에 가까운 것이리라 믿을 뿐이다.

신을 배려하고 있다는 것을.

우리의 인생이 그러하듯, 텐트를 걷은 후, 캠핑장에도 예상치 못한 감정의 찌꺼기들이 떠다닌다. 소중한 가족이지만 모든 것을 완전히 이해하고 포용할 수는 없다. 다만 그 비루한 곡절 속에서도 서로에 대한 연민과 신뢰가, 인간적인 감정이 지층처럼 켜켜이 쌓여갈 뿐이다. 가족 간의 정은 그 온도를 알 수 없지만, 젊은 시절의 사랑보다 오히려 더 뜨겁고, 믿을 만한 진짜에 가까운 것이리라 믿을 뿐이다.

그의 노래가 낙엽 따라

"인생이란 강물 위를 뜻 없이 부초처럼 떠다니다가
어느 고요한 호숫가에 닿으면 물과 함께 썩어가겠지
일어나 일어나 다시 한 번 해보는 거야
일어나 일어나 봄의 새싹들처럼."
_ 김광석의 노래, 「일어나」에서

손이 많이 가는 거실형 텐트와 타프, 난방 용품에 한층 두터워진 이부자리며 침낭, 각종 주방 살림과 식료품들. 족히 쉰 가지는 넘는 캠핑 용품들을 차례차례 꺼내고 정리하는 데 무려 두 시간 남짓 걸린다. 그 지루한 시간 동안 음악은 참 좋은 친구다. 우리 가족은 대개 아들이 다운받은 최신 유행가요를 틀어놓고 볼륨을 높인다. 댄스곡 박자에 맞춰 망치질을 하고, 언감생심 3단 고음을 흉내 내 따라 부르기도 하며, 흥에 겨운 딸내미의 춤사위를 구경하다 보면, 어느새 텐트가 완성된다.

주전자에 찻물을 올려놓고 주위를 둘러보면, 독특한 음악 취향으로 남다른 분위기를 만드는 캠퍼들이 눈에 들어온다. 젊은 부부가 "무조건 무조건이야~" 하고 흥겹게 트로트를 부르며 무더운 여름날 작업하는 모습도 신선하고, 벚꽃 지던 봄날 모차르트의 소나타가 울려 퍼졌을 땐 그림 속의 우아한 주인공이 된 듯했다. 근육질 아저씨의 '소녀시대' 사랑도 재미있고, 온 동네 아이들 모두가 따라 부르던 동요 모음, 예배를 빠지고 캠핑을 온 어떤 집사님의 가스펠도 인상 깊었다. 그중 절대 잊을 수 없는 음악은 지난 가을, 무심히 떨어지는 낙엽 따라 흩날리던 그의 목소리였다.

하긴, 가을이니 그가 당연하다. '밤하늘에 빛나는 수많은 별들 저마다 아름답지만, 내 맘속에 빛나는 별 하나 오직 너만 있을 뿐이라 먼지가 되어 바람에 날려 날아가야겠다'던. '거리에 짙은 어둠이 낙엽처럼 쌓이고 차가운 바람만이 나의 곁을 스치면, 왠지 모든 것이 꿈결 같아 멀리서 바라볼 뿐 다가설 수 없어, 지친 그대 곁에 머물고 싶지만 떠날 수밖에 없다'던. 그리고 너무 아픈 사랑은 사랑이 아니라던 그, 김광석.

한때 내게 가을은 김광석이었다. 내가 그와 엄혹한 시절을 함께 겪은 세대는 아니지만, 아다시피 그의 음악은 세대를 뛰어넘는 힘이 있다. 그러니까 청춘의 한가운데 스물두 살, 낙엽 지는 가을밤, 나는 그와 소주잔을 부딪쳤다. 어떻게 잊겠는가? 기억력이 한참 떨어지는 내 친구 하나는 벚꽃 흩날리던 봄밤의 대동제였다고 우기지만, 내 기억에는 분명 낙엽 떨어지고, 카키색 점퍼를 입었던, 캠퍼스 전체가 쓸쓸했던, 내가 주최했던 가을의 방송제였다. 게다가 그에겐 생의 마지막이었던 가을. 차마 어떻게 잊을 수 있겠는가.

그해 방송제는 공연 예산이며 광고 협찬이 턱없이 부족했다. '서태지와 아이들' '룰라'를 초대해 한바탕 놀아보고도 싶었지만, 그러기에는 학내 분위기가 심상치 않았다. 예산과 분위기를 고려해 가수들 명단을 뽑아 대행사와 기획사에 전화를 돌리고 돌렸지만 섭외가 쉽지 않았다. 그가 와주리라고는 생각하지 않았다. 자포자기 반 간절한 마음 반으로 연락을 했는데, 의외로 흔쾌히 오겠다고 했다. 가보지 않았던 학교라 왠지 재미있을 것 같다나.

누군가는 사랑을 막 끝냈고, 누군가는 막 제대를 했고, 어떤 이는 '오렌지족'이었고, 어떤 이는 운동가를 불렀지만, 우리 모두는 불안했다. 스물둘에서 서른 사이. 하고 싶은 것은 많으나 이룰 수 없었던 나이. 꿈을 꿔보라 떠밀렸지만 막상 꿈을 꾸면 비웃음에 좌절했던, 정처 없는 젊음들. 그들이 모여 김광석을 따라 불렀다. '그대를 생각하는 것만으로, 그대를 바라볼 수 있는 것만으로, 그대의 음성을 듣는 것만으로도 기쁨을 느낄 수 있던 그날들.'

처음에는, 낙엽빛 노을 아래 노천 광장 가득 겹겹이 포개 앉아 그의 음성을 숨죽여 들었다. 해가 저물자 누가 먼저라고 할 것도 없이 하나둘 따라 부르다가 이내 다들 합창을 했다.

"사랑했지만, 그대를 사랑했지만, 그저 이렇게 멀리서 바라볼 뿐 다가설 수 없어, 지친 그대 곁에 머물고 싶지만 떠날 수밖에……."

누구는 열광했고, 누구는 흐느꼈고, 누구는 취했던 가을밤. 슬프면서 기뻤던 밤. 단순한 열정이라기엔 너무도 애절했던 우리의 합창에 그는 약속했던 세 곡을 훌쩍 넘어, 자정 가까운 시간까지 멋진 공연을 선물해주었다. 특히 마지막 곡은 그가 우리에게 주는 뜨거운 답가였다.

"우리 어찌 가난하리오, 우리 어찌 주저하리오, 다시 서는 저 들판에서 움켜쥔 뜨거운 흙이여."

뒤풀이 주점에서 며칠간 이어진 밤샘으로 금세 취했던 나는 소주를 따르며 물었다. "정말 너무 아픈 사랑은 사랑이 아닌 건가요?" 그의 대답은 기억나지 않지만 그후 오랫동안 나는 그와 나누었던 술잔을 되새기며 고된 청춘을 버텼다.

"아무것도 가진 것 없는 이에게 시와 노래는 애달픈 양식, 아무도 뵈지 않는 암흑 속에서 조그만 읊조림은 커다란 빛. 나의 노래는 나의 힘."

김광석의 노래 덕분에 우리는 지금 이곳에서 영원한 청춘을 살고 있다.
낙엽이 흩날리는 캠핑장에서 그 곡조들이 한결 더 마음을 다독이며 절절하게 흐른다.

이제, 어느새 나와 그때의 청춘들은 그가 살아보지 못한 나이를 살고 있다. 낙엽 떨어지는 어느 가을날의 캠핑, 모닥불 아래 다시 한 번 그의 노래를 틀어놓는다. 처음에는 숨죽여 듣다가, 하나둘 따라 부르다가, 이내 목청껏 합창을 하는 모양이 여전히 스물둘이다.

"인생이란 강물 위를 뜻 없이 부초처럼 떠다니다가, 어느 고요한 호숫가에 닿으면 물과 함께 썩어가겠지, 일어나 일어나 다시 한 번 해보는 거야 일어나 일어나 봄의 새싹들처럼."

이제야 비로소 이해하게 된 가사들을 서른의 그는 어찌 그리도 애절하게 노래했을까. 노래를 부르며 나는 그때 그 가을을 생각했는데, 내 옆의 남편은, 그 옆의 친구는, 그 친구의 부인은 무엇을 떠올렸을지 궁금해졌다. 아마도 누구는 첫사랑을 추억했을 테고, 누구는 그 시절의 꿈을 떠올렸으리라. 우리는 잠시 아이들의 엄마, 아빠, 누구의 남편, 아내를 떠나 제각각의 청춘으로 돌아갔다. 제멋대로 찾아왔다가 그 빛이 사라지기도 전에 떠나가버린, 아름다운 시간. 그의 노래 덕분에 우리는 지금 이곳에서 영원한 청춘을 살고 있다. 낙엽이 흩날리는 캠핑장에서 그 곡조들이 한결 더 마음을 다독이며 절절하게 흐른다.

비오는 날 한 번쯤

"아름다운 가족은 문을 활짝 열어 놓습니다.
당신이 겪었던 슬픔과 분노와 울분을 나누고, 사랑과 기쁨과 희망을 가져갈 수 있습니다.
아름다운 가족은 관념이 아닙니다.
아름다운 가족은 분명 실체가 있고, 향기로운 냄새가 나며,
밝은 웃음소리가 들립니다.
듣지 못하는 당신, 보지 못하는 당신을 위해
아름다운 가족은 당신의 귀를 씻어주고, 당신의 눈을 핥아줄 것입니다.
_『아름다운 가족』*에서

* 버지니아 사티어, 나경범 옮김, 창조문화, 2003

"정말 괜찮을까?"

온종일 굵은 비가 매섭게 퍼붓는데 캠핑이라니. 그렇다고 계획을 접을 수도 없었다. 벼르고 벼르다가 겨우 날을 잡아 아버지와 동생 가족과 함께 가기로 약속한 캠핑이었다. 두 해 전 홀로 되신 아버지는 평생 데면데면했던 아들, 딸과의 캠핑을 은근 기대하시는 눈치였다. 무뚝뚝한 분이 아이들 좋아하는 것도 따로 물어보고, 친척들에게 자랑도 하고, 장도 봐놓으셨다. 여름을 맞이해 아들과 사위를 위해 보신탕까지 준비해놓으셨다고 했다.

결혼해 제 일가를 이뤄 살고 있지만, 여전히 아버지가 어렵고 어색한 남동생에게 아버지와의 캠핑은 제법 용기가 필요한 일이었다. 거기다 무서운 홀시아버지가 있는 시댁이 불편한 아내와 돌쟁이 아들까지 감당해야 했다. 얽혀버린 관계의 실타래를 풀어보고자 어렵게 시간을 낸 동생을 봐서라도, "비 오니까 오늘은 접자"라고 말할 수가 없었다. 가까스로 시간과 마음을 맞췄기에 지금 아니면 또 언제 이렇게 함께 떠날 수 있을지 기약할 수가 없었기 때문이다. 다행히 요란하게 천둥 번개가 쳤던 지난밤보다는 잠잠해졌고, 돌아오는 밤부터는 비가 그친다고 하니 일기예보를 믿고 떠나보기로 마음을 먹었다.

불안했지만 묘한 쾌감도 있었다. 아이들은 우비를 입고 장화를 신은 채 신이 나서 첨벙첨벙 빗속을 뛰어다녔다. 형형색색의 우산을 폈다가 접었다가 서로에게 빗방울을 튕겼다가 빗물을 모아 못을 만들며 놀았다. 명절에 만나도 이야깃거리가 없어 각자 멀뚱멀뚱 텔레비전만 봤던,

나의 가장 가까운 세 남자, 아버지와 남편, 동생이 의기투합한 모습도 신선했다. 텐트 자리 잡는 것부터 배수가 잘되는 곳을 찾아야 한다면서 머리를 맞대고, 팩을 치고 매듭을 묶을 때도 각자 소싯적 야영 경험과 군대 경험을 동원해가며 의논을 했다. 남자들은 사물을 매개로 해야 대화가 된다더니, 저들이 하나가 된 모습이 신기했다. 흡사 전쟁터에 나가는 군인이라도 된 듯 진지하게 역할을 나누고 작전을 지시하더니, 금세 방수포를 깔고 배수로를 파서 빗속의 보금자리를 완성했다. 이 과정에서는 캠퍼 경력 몇 년이지만 마지막 방위였던 남편보다 전방에서 현역 생활을 한 동생의 활약이 돋보였다. 야전삽 하나로 금세 구덩이를 파고 텐트에서 빗물 떨어지는 곳을 예측해 정확하게 그쪽으로 흐르게 길을 내는 모습에 가족들은 열렬히 박수를 보냈다.

고생 끝에 친 텐트 안에서 빗소리를 들으며 커피를 마시니 꿀맛이었다. 오래간만에 몸 쓰는 일을 한 세 남자도 성취감에 뿌듯해 보였다. 도시에서라면 뾰족한 대화만 오갔을 부자 사이에도 "수고했다" "아버지 춥진 않으세요?" 같은 훈훈한 대화가 이어졌다. 김치전을 부치고, 어묵탕에 소주도 한잔 곁들이니 운치가 아주 그만이었다. 그렇게 몇 시간은 참 좋았다. 밖에서 그 소리가 들리기 전까지는.

일찍 어두워진 하늘에 갑자기 섬광이 번쩍했다. 그러더니, 하나, 둘, 미처 셋을 세기도 전에 천둥이 쳤다. 텐트 안은 금세 요란스러운 빗소리와 바람소리로 가득 찼다. 이어서 거센 바람에 휩쓸려 뭔가가 날아가는 소리가 들렸다. 남자들이 밖으로 나섰다. 위협적인 비바람에 캠핑장은 아수라장이 따로 없었다. 바로 옆 이웃의 작은 텐트는 아예 날아가버렸고, 여기저기에서 타프가 깃발처럼 펄럭였다. 텐트마다 남자들이 다급하게 뛰어나와 망치질을 하느라 여념이 없었다.

철수하기 시작한 사람들도 많아졌다. 비에 홀딱 젖어 큰일이라도 난 것처럼 서둘러 텐트를 접는 모습을 보자 우리도 점점 불안해졌다. 혹시나 싶어 계곡과 멀찍이 떨어진 곳에 자리를 잡았지만, 모든 것을 삼킬 듯 계곡물이 불어나면서 흉포한 소리까지 들리자 덜컥 겁이 났다. 돌쟁이 조카를 데리고, 고립되면서까지 캠핑을 하고 싶지는 않았다. 하지만 몰아치는 빗속에서 텐트를 접는 것도 쉬운 일은 아니었다.

둘러앉아 의논을 했다. 일단 여자들과 아이들은 캠핑장의 방갈로에서 자고, 남자들은 텐트에서 상황을 살피며 밤을 보내기로 했다. 남은 식량으로 몇 끼가 가능한지도 체크했다. 일기예보와는 다르게, 밤이 깊어가도 비는 잦아들지 않았다. 남자들은 밤새 불침번을 섰다. 한 시간 간격으로 계곡 쪽으로 가서 수위를 확인했다. 방수포를 타고 텐트 안으로 빗물이 흘러들지 않도록 신경을 쓰고, 배수로도 살폈다. 아버지는 그만 주무시라 했지만, 쉬지 않고 빗속을 오가셨다. 중간중간 라면도 끓이고, 소주잔을 기울이며, 빗소리를 들으며, 이야기를 나누었다. 만약 최악의 경우에는 텐트를 두고 떠나자, 어떻게든 함께 힘을 합쳐 이 위기를 헤쳐가보자고 입을 모았다.

다행히 새벽녘부터 비는 소강 상태에 접어들었다. 남자들이 잘 살핀 덕에 텐트도 무사했다. 다만 계곡 옆 곳곳이 침수되고 산사태가 나서 돌아가는 길이 험하고 막힌다고 했다. 착착 일사불란하게 텐트를 접고 짐을 정리해 차에 실었다. 도시에서라면, 평안했던 평소라면, 이렇게 해라, 저렇게 해라, 의견이 분분했을 텐데 각자 고집을 접고 조금씩 양보를 했다. 길이 막혀 두 시간 거리를 다섯 시간 넘게 걸려 집에 도착했

지만, 잔소리 많은 아버지도 별 말씀 안 하셨다. 비바람을 뚫고 무사히 집에 도착한 것만으로 다행임을 우리 모두 느끼고 있었기에.

몇 년 만의 최악의 피해가 발생했다던 그 비바람 속에서 가족들을 지켜낸 세 남자는 그 이후 한동안 만나기만 하면 그날의 무용담을 얘기했다. 때론 마치 슈퍼맨이 천재지변 속에서 지구를 구한 듯 과장되게 들리기도 했다. 하지만 가장으로서 자부심, 그 과정을 함께한 동지의식을 알기에 분위기를 깨고 싶진 않았다. 풍파를 함께 겪으니 가족 사이가 적어도 딱풀 하나의 점성만큼은 더 끈끈해진 느낌이다. 그날 밤이 준 귀한 선물이었다.

젊은 날의 불꽃

"(⋯⋯)
모닥불을 피우면
따뜻해지는 것이 눈물만이 아닌 것을
타오르는 것이 어둠만이 아닌 것을
모닥불을 밟으며 이별하는 자여
우리가 가장 사랑할 때는 언제나
이별할 때가 아니었을까

바람이 분다
모닥불을 밟으며 강변에 안개가 흩어진다
꺼져가는 모닥불을 다시 밟으며
먼 지평선 너머로 사라져가는
사람들은 모두 꿈이 슬프다"
_「모닥불을 밟으며」*에서

* 정호승, 『너를 사랑해서 미안하다』, 랜덤하우스중앙, 2005

처음으로 시어머니를 모시고 캠핑을 가기 전날 밤, 쉽게 잠을 이룰 수가 없었다. 텐트가 작고 춥고 불편할 것 같아 캠핑장에 방을 미리 예약해두긴 했지만, 고작 화장실도 딸리지 않은 임시 컨테이너이니 펜션이나 콘도처럼 편할 리가 없었다. 우리 네 식구는 텐트에서 자고 어머니만 혼자 방에서 주무시게 하는 것이 죄송스럽기도 했다.

식사도 걱정이었다. 우리는 보통 불을 피워 바비큐를 하는 첫째 날 저녁을 잘 차려 맛있게 먹고, 다음 날 아침은 찬밥을 국에 말아 간단하게 때우고, 점심은 오다가 사먹는데, 어머니는 갓 지은 밥을 좋아하시는 데다, 음식에 까다로운 분이라 밑반찬에 국거리까지 식사 준비가 이만저만 신경 쓰이는 것이 아니었다. 또 내가 캠핑을 다니는 중요한 이유 중 하나가 그곳에서는 남편이 설거지를 도맡는다는 점 때문인데, 어머니가 계시면 마음 편히 맡길 수도 없을 것이다. 결국 편안하게 즐기겠다는 마음은 포기하고, 봉사 정신으로 무장한 채 캠핑에 임했다.

예상 밖으로 어머니는 캠핑을 무척 좋아하셨다. 뒷산과 앞개울을 오가며 오래된 카메라로 들꽃 사진을 찍고, 3단 냄비밥도 밖에서 먹는 밥은 설익어도 맛있다며 뚝딱 비우셨다. 설거지도 남편에게 덥석 맡기며 이런 데서는 남자가 하는 거라며 며느리를 쉬게 해주셨다. 모닥불 앞에 앉은 어머니는 더욱 색다르고 신선했다. 잘 마른 장작을 활활 타오르는 모닥불에 던지면서, 매번 나오던 삶에 대한 한탄과 원망이 아닌, 어머니의 소녀 시절 이야기를 듣게 된 것이다.

전쟁이 끝난 동해의 작은 마을, 가난한 목사의 넷째 딸이었던 당신은

집안의 굳은일을 도맡아야 했던 천덕꾸러기였다. 유일한 낙은 천막학교에서 서울서 내려온 선생님과 공부를 하는 것, 그리고 밤이 되면 그들과 함께 정동진의 바닷가에서 뱃사람들이 팔고 남은 후 거저 주는 고등어, 양미리, 오징어 등을 모닥불에 구워 먹는 것이었다고 한다. 갓 잡은 싱싱한 생선에 굵은 소금을 툭툭 뿌려 구우면 정말 맛있었다고. 그 시절 서울에서 온 대학생들이 똑똑하다며 자신을 칭찬했다는 쑥스러운 고백을 하면서 당신은 50여 년 전 소녀로 돌아가 있었다. 활활 타오르는 불꽃을 보며 다른 세상을 꿈꾸었고, 그 꿈 덕분에 견딜 수 있었고, 조금이나마 행복했던 시간들. 어쩌면 첫사랑이었던 그 선생님을 회상하는 듯, 아련하고 수줍은 표정이 모닥불에 어렸다. 늘 어려웠던 어머니가 박완서 작가의 소설에 나오는 촌스럽지만 야무진 바가지 머리 소녀처럼 친근하게 여겨졌다.

친정아버지를 캠핑에 모시고 갔을 때가 떠올랐다. 아버지 역시 모닥불 앞에서 20대 시절을 불러내셨다. 훤칠한 외모에 발군의 운동 실력을 자랑했던 아버지는 젊은 시절 남과 북을 오가며 동에 번쩍 서에 번쩍 했다던 특전사였다. 길고 험한 동계훈련에서 모닥불은 체온을 유지하고 먹을거리를 책임지는 생존 도구였다고 한다. 잘 타는 나무 구별하는 법, 한 번에 장작 쪼개는 법, 불쏘시개 이용하는 법, 고구마와 감자 태우지 않고 굽는 법을 설명하시던 아버지의 모습은 불꽃 못지않게 생기로 타올랐다.

타오르는 것은 모닥불만은 아니었다. 활활 세차게 타오르고 싶었으나 아쉬움만 주고 사그라진 젊음, 그리고 추억. 먼 훗날 나는 모닥불을 보며 무엇을, 그리고 어떤 시절을 불러낼까. 어느새 휙 하고 꺼져버렸으나 마음속 불씨는 죽을 때까지 꿈틀거릴 텐데, 사랑, 열정, 희망이라 추억되며 반짝일 슬픈 꿈들, 생의 장면들. 과연 무엇일까. 그것이 단 하나의 히트곡으로 살아가는 노가수의 생처럼 초라하더라도, 불러내어 노래하게 할 불씨가 있으니, 펼쳐질 무대가 있으니, 다행이다.

Tips
for.
Camping 3

특별한 캠핑 즐기는 법

❶ 비오는 날의 캠핑

비오는 날 캠핑, '알면 낭만, 모르면 고생'입니다. 물론 조금만 조심하면 한적한 숲 속에서 텐트에 떨어지는 빗방울 소리를 들으며 차를 마시고 책을 읽는, 잊지 못할 추억을 남길 수 있습니다. 비 오는 날은 무엇보다 텐트 칠 장소를 잘 골라야 합니다. 강가와 계곡은 피하고, 배수가 잘되는 곳을 찾아야 하는데, 역시 캠핑장의 데크가 최고입니다. 파쇄석이 깔린 곳도 좋습니다.

배수가 되지 않는 흙바닥에선 텐트 사방에 배수로를 파고 빗물이 빠져나가도록 물길을 내주어야 하는데, 이런 경우 인공적으로 만든 물길 때문에 풀이 자라지 않고 산사태가 날 수도 있으니 돌아갈 때는 반드시 파헤친 바닥을 원래대로 복구해야 합니다. 또 평소보다 긴 팩을 사용해 텐트를 좀 더 단단히 고정하고, 방수포를 텐트 면적보다 좁게 깔아 빗물이 텐트 안으로 들어가지 않도록 해야 합니다.

텐트가 비에 젖은 상태에서 철수하면, 자동차 트렁크나 시트까지 젖을 수 있으니 트렁크에 커다란 김장용 비닐봉투를 미리 챙겨두세요. 비에 젖은 텐트나 타프 스킨을 봉투에 담아와 집에서 말리면 다음에 캠핑할 때 덜 번거롭습니다.

잘 마른 장작

참숯을 이용한 불 피우기

❷ 겨울 캠핑

'캠핑의 꽃'이라고 불리기도 하지만, 가끔 일산화탄소 중독 사고가 발생해 목숨까지 앗아가는 안타까운 일도 있습니다. 겨울 캠핑에서 가장 중요한 것은 역시 안전입니다. 특히 아무리 추워도 화로대 등은 텐트 안에서 절대 쓰면 안 됩니다. 난로를 사용할 때도 반드시 불완전 연소가 되지는 않는지 확인하고, 환기용 구멍을 만들어야 합니다.

전기장판을 쓸 때 필요한 릴선 역시 주의해야 합니다. 누전사고를 방지하려면 피복선이 벗겨지지 않았는지 수시로 점검하고, 선을 잘 풀어서 사용하는 것이 좋습니다.

❸ 모닥불의 달인이 되고 싶다면

모닥불의 기본 재료는 잘 마른 장작입니다. 요즘 캠핑장이나 온라인 쇼핑몰을 통해 판매되는 장작은 대부분 기계로 쪼개고 건조기로 말린 것들이라 품질에는 큰 차이가 없습니다. 은은한 참나무 향이 배인 바비큐를 원한다면 참숯 또는 참나무 장작을 즉석에서 숯으로 만들어 쓰면 됩니다. 오븐을 이용한 바비큐 요리의 경우 화력의 세기와 지속 시간을 일정하게 유지해야 하니 석탄, 톱밥 등을 압축해 균일한 모양으로 만들어낸 브리켓(성형탄)이 편리합니다. 장작이나 숯에 불을 피울 때는 토치 램프를 많이 사용하는데, 불똥 때문에 토치를 쓰는 것이 꺼려진다면, 메탄알콜을 파라핀에 녹여 만든 착화제(고체연료) 서너 개에 불을 붙여 숯더미에 놓아두세요. 불똥이나 연기 걱정 없이 손쉽게 불을 붙일 수 있습니다.

캠핑 가서
아이들과 즐겁게 노는 법

❶ 자연과 함께 놀기

아이들에게는 자연의 모든 것이 다 장난감입니다. 돌과 흙, 나뭇잎과 꽃, 곤충 등 가지고 놀 것들이 사방에 있습니다. 거기에 몇 가지 놀이를 알려주면 자연에 더욱 관심을 갖고 알차게 시간을 보낼 수 있습니다.

나무, 꽃, 곤충 이름 알아맞히기

식물도감, 곤충도감을 준비해 실제 식물과 곤충을 찾아보는 놀이. 유치원에서 곤충이나 식물의 이름을 외우긴 했지만 실제로 볼 기회가 없었던 아이들이 책에 나온 것을 직접 확인할 수 있다.

모래성 쌓기, 돌 쌓기, 댐 만들기

바닷가에서는 모래성을, 계곡에서는 돌을 쌓거나 댐을 만드는 놀이. 아빠와 아이들이 쌓기 대결을 해도 좋다. 돌탑을 만들어 소원을 빌게 하면, 집중력이 높아지고 아이들의 속마음도 들여다볼 수 있다.

곤충 이름 맞히기　　　　　　돌 쌓기

눈썰매 타기
겨울에는 캠핑장 한쪽에 눈썰매장을 만들어놓은 곳들이 많다. 직접 속도며 방향을 조절해야
하니, 놀이동산의 눈썰매보다는 어렵지만 훨씬 신나게 놀 수 있다.

❷ 소통하는 놀이
여러 가족이 함께 왔을 때 또는 캠핑장에서 이웃이 된 친구들과 같이 어울리면 즐겁고 유쾌
한 시간을 보낼 수 있습니다.

수건 돌리기
아이들이 유치하게 여길 것 같지만 막상 해보면 정말 즐거워하는 놀이. 등 뒤를 더듬어 수건
이 있는지 찾고 술래가 되지 않으려고 기를 쓰고 달리다가 벌칙으로 노래도 부르다 보면 캠
핑장의 밤이 정겹게 깊어간다.

투호놀이, 비석치기, 사방치기, 제기차기
초등학교 3학년 교과서에는 '우리의 전통놀이'가 나온다. 학교에서 배운 것을 직접 해본다는
것만으로도 즐거운 경험이 된다. 동네마다 달랐던 엄마 아빠의 어린 시절 놀이에 관한 이야
기를 들려주면 아이들이 무척 재미있어 한다.

보드게임
날씨와 장소, 나이에 상관없이 즐길 수 있는 놀이. 특히 비가 오는 날이나 겨울에 요긴하다.
지인들과 보드게임 판을 바꿔 하면 다양한 놀이를 할 수 있다. 저학년들은 부르마블, 다이아
몬드게임, 젠가 등을, 고학년들은 블로커스, 루미큐브, 장기나 체스를 좋아한다.

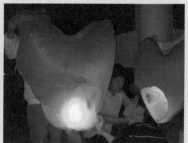

스파클라 놀이　　　　　　　　　　풍등 날리기

❸ 재미있는 밤 놀이

어릴 때 밤에 노는 것 참 재미있었죠? 숙제가 남아 있어도, 일찍 자라는 엄마의 잔소리에도 숨이 차도록 즐거웠던 밤 놀이. 우리 아이들도 그렇다고 합니다.

야광 팔찌 만들기

시중에서 파는 야광 스틱으로 팔찌, 목걸이, 안경, 훌라후프 등 액세서리를 만들어주면 아이들이 신나게 흔들며 춤을 춘다.

불꽃놀이

불꽃은 아이들을 꿈과 환상의 세계로 데려가준다. 다만 주변에 피해를 줄 수 있으니 때와 장소, 안전에 주의해야 한다. 소음 피해가 우려된다면, '스파클라'를 추천한다.

풍등 날리기

아이들의 소원을 실은 풍등을 날려보자. 반짝이는 등이 밤하늘에 둥실 떠오르면 아이들도 제법 진지해진다. 장소를 고를 때 화재 위험이 없는 안전한 곳인지 반드시 확인해야 한다.

팝콘 튀겨 먹기

맥주 캔에 기름과 팝콘용 옥수수를 넣고 캔 옆면을 칼로 잘라 개방한 다음 화로대 석쇠에 올리면 팝콘 완성! 아이들이 무척 신기해한다.

❹ 밤놀이 주의점

어두운 밤에 야외에서 놀면 아이들은 들뜨게 마련입니다. 게다가 모닥불 등 위험 요소가 많은 캠핑장이니 세심하게 살펴야 합니다. 아이들이 텐트 줄에 걸려 넘어지지 않도록 줄에 천 조각을 매달아 눈에 잘 띄게 해주고, 행여 아이들이 넘어져도 더 큰 사고로 이어지지 않도록 팩은 끝까지 박아야 합니다.

식사 준비　　　　　　　　　　식사 후 정리시키기

아이들이 노는 소리가 이웃에게 방해되지 않도록 당부하는 것도 잊지 마세요. 참기 힘든 캠핑장 소음 중 하나가 밤늦게 아이들이 떠드는 소리라는 사람들도 있습니다. 밤에는 작은 소리도 크게 들릴 수 있으니 이웃을 배려하는 매너는 기본입니다.

❺ 아이들에게 역할 주기

캠핑장은 아이들이 자신이 가족 내에서 중요한 역할을 하고 있다는 성취감을 느낄 수 있는 좋은 장입니다. 텐트 치기, 시트 깔기, 팩 박기, 폴대 연결하기, 잠자리 정돈과 설거지, 쓰레기 분리수거 등등 아이들이 할 수 있는 간단한 일을 찾아 함께 해보세요. 낮 시간에 나뭇가지나 솔방울을 모아오게 하면, 밤의 불놀이를 한층 더 즐거워하고, 직접 쌀을 씻고 밥물을 맞추게 하면, 식사 시간에 가장 먼저 달려와 밥부터 달라고 한답니다.

작업별로 과정과 방법을 설명해주고, 서툴고 어설퍼도 끝까지 기다리고. 임무를 완수하면 격려해주세요. 엄마 아빠를 도와줘서 고맙다는 인사를 하고, 협동해서 만든 텐트 앞에서 하이파이브를 한다면, 자신도 중요한 역할을 하는 가족의 구성원이라는 뿌듯함에 아이들의 자존감이 쑥쑥 자라납니다.

4

캠핑으로

자라는 엄마

슬퍼하기 좋은 곳

"울음을 부끄러워할 필요는 없다. 눈물은 한 사람의 가장 커다란 용기, 고통을 참고 견딜 수 있는 용기가 있음을 입증하기 때문이다. (……) 나의 동료 가운데 한 사람도 눈물을 흘렸다고 고백했다. 그는 한때 부종에 시달리고 있었는데 어느 순간 부종의 고통에서 벗어나 있었다. 나는 그에게 어떻게 부종을 이겨냈는지 물었다. 그는 이렇게 고백했다. '실컷 울어서 부종을 몸 밖으로 내보냈다네.'"

_『죽음의 수용소에서』*에서

* 빅터 프랭클, 이시형 옮김, 청아출판사, 2005

내 나이 서른여섯에 엄마가 돌아가셨다. 암 진단을 받은 지 3년 2개월 만이었다. 대수술을 두 번이나 받고, 항암치료는 자그마치 서른여섯 번을 거치면서 머리칼은 우수수 빠져버렸고, 총기 있던 눈빛은 흐려졌다. 의식을 잃고 약에 의존했던 마지막 며칠간은 나를 보며 "엄마, 엄마, 너무 아파" 하고 애달프게 부르더니 결국 당신의 엄마가 있는 곳으로 가셨다. 길고 힘겨웠던 시간이었다.

사람들은 서른여섯이면, 게다가 결혼해서 아이까지 있다면 엄마와의 이별이 크게 힘들지 않았으리라 여기는 듯했다. 오래 앓으셨으니 가족을 위해서는 가시는 게 낫다는 말도 들었다. 그러나 세상에 엄마와 이별해도 좋은 때라는 건 없다. 게다가 난 어릴 적에는 고생하는 엄마를 기쁘게 해드리고 싶어 애쓰는 아이였고, 커서는 엄마처럼 살지 않는 것이 목표였던 '마더걸'이었다.

엄마 없는 삶은 상상할 수도 없었다. 엄마가 떠난 후, 온몸이 무너지고 피가 마르는 것처럼 슬펐다. 매일매일 눈물이 흐르더니, 몸과 마음 모두 고장 난 기계처럼 녹이 스는 것 같았다. 무슨 일이 있어도 할 일은 하라고 엄마에게 배웠으니 밥을 짓고, 청소를 하고, 빨래를 하고, 아이들을 돌봤지만 사는 것 같지가 않았다. 도저히 인정할 수가 없었다. 내가 여기 있는데 엄마가 없다니. 이렇게 보고 싶은데 엄마가 없다니. 엄마가 없는데 내가 살고 있다니.

이 상황에서 벗어나야겠다고 생각한 것은 자면서도 울고 있는 나를 발견했을 때였다. 이대로는 안 되겠다, 극복해야겠다는 다짐을 했다. 그래서 심리학 공부와 캠핑을 시작했다. 아니, 사실 캠핑은 나보다는 슬픔에 빠져 무기력한 엄마와 낯선 학교생활 사이에서 갈피를 잡지 못했던 아이를 위해 시작했지만, 내면을 들여다보는 기회가 되면서 아이보다 나에게 더 큰 선물이 되었다.

처음에는 그저 슬픔을 잊을 수 있는 곳이 필요했다. 열심히 움직이고, 아이들과 뛰어다니다 보면 엄마 생각이 덜했다. 여러 가족이 함께 가면 괜히 나서서 일을 도맡아 했고, 부러 더 유쾌하게 웃고 떠들었다. 그러다 보면 모든 것이 괜찮아진 것도 같았다. 슬픔을 누를 수 있을 것 같았다. 그런데, 새벽이면 다시 돌아왔다. 텐트에서 자면 꼭 새벽에 깨어나게 되는데, 모두가 잠들어 고요한 그 시간이면 또다시 슬픔이 몰려왔다. 엄마가 없는데, 이리 놀아도 되나 죄책감이 들었다. 그 마음을 가라앉히기 위해 산책을 했다. 쌀쌀한 새벽 공기는 정신을 깨어나게 했지만, 새들이 지저귀지만, 눈물은 계속 흘렀다. 아무도 보는 이가 없으니 참지 않았다. 그대로 주르륵 흐르도록 내버려두었다.

새벽의 캠핑장은 홀로 슬퍼하기 좋은 곳이었다. 해가 뜨기 직전이라 대지는 아직 고요하고 하늘의 달과 별은 여전히 빛나고 있는 시간. 세상은 아직 깨어나지 않은 신성한 기운 속에 이슬 먹은 나무들과 일찍 일어나 어미를 기다리는 어린 새들이 나에게 이렇게 말해주는 것 같았다.

"좀 더 슬퍼해도 돼. 엄마가 돌아가셨는데 이 정도는 당연하지. 좀 더 울어도 돼."

어디서 그런 너그러움이 생겼는지 울고 있는 내 모습이 부끄럽지 않았다. 슬픔을 인정하니, 우는 것 자체가 씻김의 위로가 되었다. 그후 새

벽 캠핑장 산책은 나의 가장 큰 낙이었다. 몇 번을 실컷 울고 나니, 눈물이 차차 줄어들었다. 그러면서 나를 두고 떠난 엄마에 대한 사랑과 분노가, 미안함과 감사가 정리되기 시작했다.

거부해왔던 이별의 슬픔이 숲의 정기를 받아 뽀송하게 걸러지자 마음이 한결 튼튼해진 것 같았다. 슬픔을 누르는 데 쓰던 에너지를 다른 곳에 써보고 싶다는 의지도 생겼다. 나를 위한 위로가 남을 위한 위로가 됐고, 그 위로는 다시 내게 돌아오기도 했다. 먼 길을 에둘러 걸어왔지만, 이제야 겨우 외롭지 않았다.

같은 하늘 아래 엄마가

"우리가 서로 사랑하고, 우리가 가졌던 사랑의 감정을 기억할 수 있는 한,
진짜 우리를 기억하는 사람들의 마음속에 잊혀지지 않을 수 있네.
자네가 가꾼 모든 사랑이 거기 그 안에 그대로 있고,
모든 기억이 여전히 거기 고스란히 남아 있네.
(……) 죽음은 생명이 끝나는 것이지, 관계가 끝나는 것이 아니네."
_『모리와 함께한 화요일』*에서

* 미치 앨봄·모리 슈워츠, 공경희 옮김, 살림, 2010

경상북도 칠곡군 석적면 산 65번지. 서울에서 가려면 족히 다섯 시간은 걸리는 먼 곳. 포장도로도 없어, 관을 짊어진 장정들도 몇 번씩 헛발질을 하며 끙끙거리다가 겨우 올라갈 수 있었던 깊은 산에 엄마를 홀로 모셔두고 온 이후, 정말이지 많이 힘들었다.

독실한 기독교인이었던 엄마는 서울에서 가까운 교회 묘지로 가고 싶다고 몇 번이나 당부하셨지만, 뜻대로 되질 않았다. 항상 아내보다 고향의 부모와 형제들이 우선이었던 아버지 덕분에, 집안을 책임지는 가장이자 수도 없이 돌아오는 제사와 시동생들을 챙기는 맏며느리 역할까지 해야 했던 엄마는, 결국 그 지긋지긋한 시댁의 선산에 모셔졌다. 나는 엄마의 뜻이 아닌 줄 알면서도, 당신의 고향을 고집하는 아버지를 설득하지 못했다. 선산을 지키려는 책임감보다, 평생을 의지한 아내와 함께하고 싶은 마음 때문일지도 모른다는 기대 때문이었다. 아버지의 원대로 언젠가 두 분이 나란히 계신다면, 이곳에서는 볼 수 없었던 다정함을 보여주실까.

오랜만에 간 아버지의 고향은 너무 삭막했다. 4대강 사업에 고속도로 건설까지 겹쳐, 공사 장비들이 먼지를 휘날리며 시끄럽게 오갔다. 개발 탓에 황토산이 되어버린 둔덕 사이사이 갈 곳 없는 멧돼지들이 출몰해 종종 무덤도 파헤친다고 했다. 뒷산은 비가 많이 오면 바로 무너질 것처럼 가파르고, 길이 나지 않은 상태라 나무며 언덕이며 모두 거칠고 험했다. 게다가 자식들이 살고 있는 곳과 너무 멀었다. 보고 싶은 날, 궁금한 날, 선뜻 다녀올 수 없는 거리였다. 때문에 나는 비가 오면 비가

오는 대로, 눈이 오면 눈이 오는 대로 걱정됐다. 비가 내리는데 얼마나 외로우실까, 눈이 내리는데 춥지 않으실까, 바람 부는데 괜찮을까······.

어쩌다 마음먹고 길을 나서도 편치 않았다. 아버지의 고향이라지만 작은아버지 내외만이 지키고 있는데, 건강도 좋지 않으셔서 번번이 신세를 지는 것이 죄송스러웠다. 아이들을 데리고 하루 만에 왕복할 수 없는 거리라 하룻밤 묵을 곳을 찾긴 해야 하는데 갈 때마다 작은아버지 댁에서 묵을 수도 없고, 펜션이나 모텔을 찾자니 시골이라 마땅치가 않았다. 그래서 캠핑을 하기로 했다.

처음에는 엄마 산소 앞에서 하룻밤 텐트를 치고 자면 어떨까 하는 생각도 했다. 하지만 전기도 들어오지 않고 가로등도 없는 산 속에서, 그것도 조상들의 산소가 줄줄이 있고 멧돼지도 출몰한다는 곳에서 캠핑은 무리였다. 열심히 캠핑장 검색을 하다가 마침 엄마가 계신 곳 바로 산등성이 너머에, 타지 사람들은 잘 모르지만 그 지역 사람들은 즐겨

찾는다는 소박한 캠핑장이 있다는 것을 알게 됐다. 바로 예약을 하고 기쁜 마음으로 떠났다. 엄마가 떠나신 계절, 눈부시게 아름다운 5월에.

엄마가 좋아했던 수선화로 꽃다발을 만들면서, 마음 한쪽엔 슬픔을 머금고 가면서, 한편으로는 저녁엔 뭘 먹을까, 애들이 냇가에서 놀아도 될까 등 자잘한 고민을 하고 있자니 좀 이상했다. 명색이 추도일인데 텐트를 치고 고기를 굽고 물놀이를 하는 것이 괜히 불경스러운 느낌도 들었다. 행여 엄마가 서운해하지 않을까 싶었지만, 기우였다.

엄마는 봄꽃들과 함께 우리를 맞아주셨다. 꽃놀이 인파에 꽉 막힌 고속도로를 따라 내려가는 길, 산천이 형형색색으로 빛나더니 엄마 계신 곳도 그랬다. 정말 다행이었다. 작고 발랄한 산꽃들이 엄마 주위에 오손도손 피어 있었다. 묵은 땅을 뚫고 머리를 내밀었을, 엄마와 함께해주었을 꽃잎들이 애틋하기도 하고, 기특하기도 하고, 고맙기도 했다. 주변의 나무들도 푸른 기운을 싱그럽게 뽐내고 있었다. 부지런한 작은아버지 덕분에 봉분도 잘 정리되어 있었고, 멧돼지가 다녀간 흔적도 없었다. 그날 밤은 5분 거리 캠핑장으로 가면 되니 맘 놓고 엄마와 수다를 떨었다.

엄마가 휴가를 나온다면

정채봉

하늘나라에 가 계시는
엄마가
하루 휴가를 얻어 오신다면
아니 아니 아니 아니

반나절 반시간도 안 된다면
단 5분
그래, 5분만 온대도 나는
원이 없겠다

얼른 엄마 품속에 들어가
엄마와 눈맞춤을 하고
젖가슴을 만지고
그리고 한번만이라도
엄마! 하고 소리내어 불러보고
숨겨놓은 세상사 중
딱 한 가지 억울했던 그 일을 일러바치고
엉엉 울겠다

엄마와 나만의 휴가인 듯, 억울했던 일도 일러바치고, 아버지며 남편
흉도 보고, 아이들 자랑도 늘어놓았다. 눈물은 계속 흘렸지만 슬프지
만은 않았다. 엄마가 쓸쓸해 보이지 않았기 때문이다. 그사이 아이들
은 야생화 사진을 찍고 있었다. 아는 산꽃이라고는 할미꽃과 민들레밖
에 없는 녀석들이 낯선 꽃들을 신기해하며 노는 사이, 감색 무늬의 날
개가 매혹적인 나비가 나풀나풀 날아와 오랫동안 서성였다. 너도 우리
엄마의 동무가 되어주었겠구나. 고마워. 대답이라도 하듯 나비는 살랑
살랑 아이들과 잡기놀이까지 해주었다. 여긴 걱정 말라고 말해주는 듯
했다.

그날 밤, 여느 캠핑과 다를 바 없었지만 나는 꽤 오랜만에 깊이 잠들 수 있었다. 유난히 반짝이는 저 별들을 엄마도 함께 보고 있겠구나. 상쾌한 새벽바람이 엄마를 깨우겠구나. 아이들의 웃음소리를 엄마도 듣고 있겠구나. 자연으로 돌아간 엄마도 지금 얼마간은 행복하겠구나. 이런 생각에 마음이 편해졌기 때문이다.

유난히 색이 진한 철쭉이 가득 핀 캠핑장 한구석에서 아이들이 뛰어노는데, 어제 그 나비가 날아와 인사를 했다. 또 한참을 아이들과 잡기놀이를 해준다. 나풀나풀 살랑살랑. 여기도 괜찮아. 그러니 슬픔과 화해하렴. 물기가 가실 날이 없었던 내 마음이 봄 햇살 속에서 뽀송해졌다. 보이진 않지만 분명히 느껴졌던 엄마의 존재가, 나와 동행해준 엄마의 마음이 큰 위로가 되었다.

반갑다 친구야,
고맙다 캠핑아

"언제나 시간을 활기차게 보내기 위해 친구를 찾으십시오.
친구는 그대들의 공허함을 채우는 존재가 아니라,
그대들의 부족함을 채우는 존재가 되어야 합니다.
그러니 기쁨을 함께 나누면서 우정의 따스함 속에 웃음이 깃들도록 하십시오.
마음은 하찮은 이슬 한 방울에서도 아침을 발견하고 생기를 되찾기 때문입니다."
_『예언자』*에서

* 칼릴 지브란, 유정란 옮김, 더클래식, 2012

"혹시 ○○중학교 나온 조윤주?"

캠핑장 개수대에서 쌀을 씻고 있는데, 옆 사람이 주저하며 물었다.

"맞구나! 나 기억나? 우리 꽤 친했는데."

그제야 기억이 떠올라 화들짝 반가운 체를 하며 손을 맞잡고 "어머 웬일이야, 이런 데서 다 만나고, 너 어릴 적 모습 그대로다" 호들갑을 떨었지만 사실 난 하나도 반갑지 않았다. 그 친구와 문제가 있었던 것은 아니다. 오히려 함께 몰려다니면서 꽤 다정하게 지내던 사이였다. 하지만 내 인생의 암흑기였던 중학교 시절의 나를 알고 있는 누군가가 내 눈앞에 있는 것만으로도 나는 충분히 불편했다. 10대 초반, 아버지가 빚보증을 잘못 서는 바람에 집에 빨간 딱지가 붙고 빚쟁이들이 다녀간 후, 우리 가족은 재개발을 앞두고 있던 청담동의 허름한 지하 단칸방으로 이사를 해야 했다. 가세는 기울었지만, 자식들만은 8학군에서 공부를 시키겠다는 엄마의 고집 탓이었다. 화장실도 세 집이 함께 써야 할 정도로 열악한 환경이었다. 나는 그런 집에서 몇 정거장 떨어진, 당시 최고의 부촌 압구정동 현대아파트 단지에 있는 학교를 다녔다.

알량한 자존심에 가난을 들키고 싶지 않았다. 될 수 있으면 눈에 띄지 않도록, 공부는 잘하지도 못하지도 않는 선에서, 나서지 않고 조용하게 지냈지만, 학교생활은 하루하루가 살얼음판이었다. 유행하는 브랜드 옷을 줄줄이 걸치고, 하교 후에는 대기하던 검은색 자동차를 타고 과외를 받으러 가는 친구들과 헤어져, 혹시 아는 사람은 없나 두리번두리번 주위를 살피면서 곧 무너질 것 같은 어두운 지하 방으로 돌아가는 일상은 외롭고 힘겨웠다.

화장실을 함께 썼던 한쪽 방에선 유흥가에서 일하는 젊은 남자들이 속옷 바람으로 고스톱을 쳤고, 또 다른 방에서는 식당에서 일하는 절름발이 아주머니가 커피를 사발에 타 마시며 구슬픈 찬송가를 불러댔다. 나를 둘러싼 두 개의 세상 모두 다 버거웠다. 어설픈 연기가 탄로날까 불안해 자주 악몽을 꾸었지만 모든 게 밝혀졌을 때가 더 두려웠기에 용기를 낼 수 없었다. 그렇게 보낸 10대 시절에 좋은 기억이 있을 리 없다. 쉬는 시간이면 자리에 엎드려 자는 척하거나, 어두운 방에 앉아 뭔가 쓰고 있는 우울한 소녀가 나였다.

성인이 된 후, 절친이 된 동창 한 명에게는 그 당시 비밀을 털어놓고 더욱 돈독해졌다. 하지만 어쩌다 그 시절 사람들을 만나면 여전히 초라해지는 기분이라 동문회다 뭐다 연락이 와도 피하고 인연을 끊고 지냈다. 그런데 캠핑이 붐이긴 붐인가 보다. 생활 반경이 완전히 다른 그녀와 내가 캠핑장에서 상추를 씻으며 만나게 되다니.

그녀는 20여 년 전 모습 그대로 넉살 좋고 유쾌했다. 인사만 하고 모른 체하고 싶은 내 마음은 아랑곳하지 않고, 부침개를 들고 우리 텐트로 찾아왔다. 사정 모르는 남편은 의자를 권하고 와인까지 따라주었다. 동창들 근황에 대해서도 이야기를 나눴다. 아이들 교육 때문에 다시 강남에 많이들 모여 산다며, 가끔 내 소식이 궁금해 동창회 카페도 찾아보곤 했단다.

"다음에 모일 때는 너도 나와. 진짜 반가워할 거야."

"그래, 연락해."

영혼 없는 대답을 하며 이젠 그만 가주었으면 싶었는데, 그녀는 도무지 일어날 생각이 없어 보였다.

"근데, 윤주야, 너 남편 진짜 멋있다. 아이들한테도 되게 다정하던데, 중학생 때도 인기 많더니, 결혼 잘했구나!"

순간 깜짝 놀랐다. 늘 자신을 숨겼던 내가 그럴 리 없었기 때문이다. 난 전혀 기억이 없다고 하니, 그녀는 내가 알지 못하는 나의 10대를 이야기해줬다. 잘 웃는데 새침하고, 뭔가 비밀이 있어 보여서 남자애들이 좋아했다느니, 소풍이라도 가면 다른 학교 오빠들까지 와서 사진을 찍어가곤 해서 무척 부러워했다나. 처음 듣는 얘기에 당황스러워 나 좀 어둡지 않았느냐고 물으니, 차분하면서도 할 말은 했던 아이로 기억하고 있다 했다. 언젠가는 수업 시간에 '적성과 꿈'이라는 주제로 토론을 했는데, 내가 "가정 환경이 청소년들의 꿈을 좌우하는 현실이 안타깝다"는 취지의 발표를 해서 칭찬을 받았다는 이야기도 해주었다.

그 순간 어두웠던 내 10대가 환해지는 기분이었다. 잊고 싶었던 그 시절에도 어떤 에너지가 나를 지탱해주고 있었다는 것을 깨닫게 되었다. 우울하고 한심했다고 기억하지만, 그때의 나 역시 최선을 다해 살았다는 것을 알게 되니 더 이상 그 당시의 내가 불쌍하지 않았다. 그저 내 몫의 삶, 남들과 크게 다를 것 없이 적당히 어여쁘기도 하고 우울하기도 했던, 소중한 시간이었음을 이제라도 알게 돼서 정말 다행이었다.

이야기가 길어지자, 서로의 가족들도 합류해 모닥불 앞에 모여들었다. 늘 풍족해 보여 부러웠던 그녀 역시 순조롭지 못했던 과거가 있었다는 이야기가 이어지고, 아이들은 어느새 친해져 숨바꼭질을 하고, 별은 총총, 캠핑장의 밤은 그렇게 깊어갔다.

반갑다 친구야, 내 10대를 밝혀줘서. 고맙다 캠핑아, 친구를 찾아줘서.

자전거 타는 여자

"당신이 해야 할 일은 어려운 시기에 나타나는 내면 아이를 적절히 보살피는 일이다.
어른이 어린 시절에 자신을 돌보던 것처럼 우리 자신을 돌보면 뇌 속에 남아 있는
어린 시절의 불행한 경험인 '생물학적 흉터'가 스트레스 상황에서 덧나지 않게 할 수 있다.
(……) 우리도 이미 내면 아이가 아름다운 경험을 할 수 있도록 만들 수 있다.
우리 자신과 내면 아이에게 관심을 가지고 이 아이가 말하는 것에 귀를 기울이는 것,
그것이야말로 인생을 더 나은 것으로 바꿀 수 있는 대체 경험이다."

_『심리학이 어린 시절을 말하다』*에서

* 우르술라 누버, 김하락 옮김, 알에이치코리아, 2010

호수에 피어난 섬, 춘천의 중도는 캠핑족 사이에서는 성지로 불렸던 곳이다. 선착장에서 배에 차를 싣고 10분이면 갈 수 있는 이 섬에 내리면 밭농사를 짓는 소박한 시골 마을이 펼쳐진다. 작고 아담한 농가들을 양옆에 끼고 꼬불꼬불 이어지는 산길을 따라 내려가면, 넓은 잔디밭 위로 아름드리 플라타너스가 시원한 그늘을 만들어주는 캠핑장이 나타난다.

　호수를 향해 탁 트인 전망에 따로 구획을 나눠놓지 않아 텐트는 원하는 곳 어디에나 자리를 잡을 수 있다. 드넓고 푸른 그곳에서 아이들과 공차기를 하는 것도 신나고, 이른 아침 짙은 안개 속을 걷는 것도 운치 있으며, 의암호를 물들인 낙조를 보며 그네를 타는 것도 낭만적이지만, 그중 백미는 뭐니 뭐니 해도 자전거 타기다.

　중도에 오면 아이들은 빌려온 자전거부터 타고 플라타너스 길을 향해 질주한다. 차도 없고 인적도 드문 길을 달리며 시원한 바람에 자신을 내맡긴다. 상냥하게 흔들리는 나뭇잎들과 인사하며, 주변의 풍광과 스스로 페달을 굴려 만들어내는 속도에 반응하며, 자유롭게 달릴 수 있다.

　"엄마, 개수대는 텐트에서 쭉 가서 오른쪽 큰 나무 뒤에 있어요."

　"아빠, 왼쪽으로 쭉 가면 수영장 있던데, 내일은 거기서 놀아요."

　자전거를 타고 한 차례 주변을 돌아본 아이들이 돌아와 의기양양하게 말한다. 그러더니 바로 또 나무와 나무 사이 텐트와 텐트 사이를 제멋대로 달리다가 놀다가 쉬다가, 다람쥐를 구경하고, 곤충을 만져보고,

처음 보는 아이들과 인사를 나눈다. 그러기를 몇 시간. 노을을 후광처럼 거느리고, 바람에 머리칼을 나부끼며 돌아온 아이들을 보니, 어쩐지 가슴 한구석이 찡했다. 우리 아이들이 이렇게 즐겁게 자전거를 탈 수 있다는 것이 기뻤다.

사실 나는 자전거를 탈 줄 모른다. 어린 시절 형편이 어려워 늘 바빴던 부모님은 딸에게 자전거 타는 법을 가르칠 여유가 없었다. 내가 자전거를 처음 타본 것은 스무 살 무렵 대학에 들어간 다음이었다. 선배와 친구들 몇몇과 여의도 나들이를 했고, 자전거를 빌렸는데, 그중 자전거를 처음 타보는 사람은 나뿐이었다. 그때 나는 제법 충격을 받았다. 어렴풋이 짐작은 했지만, 부모님과 내가 주고받은 경험이 참 보잘것없다는 것을 구체적으로 확인한 순간이었다. 그 이후 행여 그런 결핍이 드러날까 두려워 나는 자전거 근처에는 얼씬도 하지 않았다.

"너는 우째 자전거도 못 타노?"

언젠가 무심코 아버지가 물으셨을 때, 울컥하며 받아쳤던 적도 있다.

"아무도 안 가르쳐줬으니까 못 타죠. 생전 자전거 구경도 안 시켜줬으면서."

그러니 봄날 공원에서 아빠가 아이에게 자전거 타기를 가르쳐주는 장면은 나에겐 늘 질투를 불러일으키는 로망이었다. 몇 해 전 딸아이에게 두 발 자전거 타기를 가르치고 기쁨에 젖은 아빠가 등장하는 광고를 보면서 눈시울을 붉혔고, 그즈음 큰아이가 초등학교에 들어가자마자 남편에게도 자전거를 가르쳐주라며 채근했다.

남편은 꼼꼼하게 보호 장비를 챙겨주고, 보조 바퀴를 뗀 자전거에 아들을 앉힌 후, "엉덩이에 힘을 주고 페달을 밟아. 아빠가 잡고 있을

바람에 머리칼을 나부끼며 돌아온 아이들을 보니, 어쩐지 가슴 한구석이 찡했다.
우리 아이들이 이렇게 즐겁게 자전거를 탈 수 있다는 것이 기뻤다.

테니 걱정 말고 달려봐" 하고 안심을 시켰다. 자전거가 어느 정도 균형을 잡고 속력이 붙을 즈음, 슬그머니 손을 놓고 아이가 제힘으로 달릴 수 있도록 했다. 남편이 너무 일찍 손을 놓으면 아이가 홀로 서기도 전에 넘어졌고, 너무 오랫동안 잡고 있으면 실력이 늘지 않았다. 그러니 적당한 타이밍에 잡았다가 놓는 것을 반복하는 것이 중요했다. 잘하면 열렬한 환호와 박수를 보내고, 넘어지면 달래가며 다시 도전할 수 있도록 격려했다. 그러다 보니 아이는 어느새 자전거 타기에 흠뻑 빠져 차츰 아빠가 잡아주지 않아도 앞으로 나아갈 수 있게 됐다.

일련의 과정을 지켜보면서 흐뭇하고 행복했지만 서글픔도 밀려왔다. 저토록 다정하고 세심한 가르침을 받아본 적이 없는 그 시절의 내가 안쓰러웠다. 자전거를 못 타는 내 모습은 외로웠던 내 유년 시절의 흉터를 상징하는 것 같았다.

중도에 갔던 그 새벽, 일찍 일어나 밖으로 나오니 아들이 한쪽에 세워둔 자전거가 눈에 띄었다. 호수에서 올라온 안개가 자욱해 주변은 마치 동화 속 세계처럼 신비로웠다. 마치 동화의 주인공이라도 된 듯 알 수 없는 모험심이 불쑥 올라왔다. 이제 난 아이가 아니니까 자전거 정도야 스스로 배울 수 있지 않을까?

자전거 안장에 앉아 조심스레 균형을 잡아봤다. 중심을 잡지 못해 곧 넘어질 것 같았지만, 힘껏 페달을 밟으니 조금 앞으로 나갔다. 잠시 후 방향을 잡지 못하고 쓰러져 자전거 밑에 깔렸지만, 새벽 공기를 가르는 그 찰나가 너무 황홀해 다시 한 번 도전했다. 심호흡을 크게 하고 팔에 단단히 힘을 주었다. 핸들을 정면으로 맞추고 시선 역시 정면에 고정한 다음 온 힘을 모아 페달을 밟았다. 넘어지길 반복했지만, 생각보다 어렵지는 않았다. 다시 일어나 안장에 앉을 때마다 전진하는 거리가 늘어나고, 어느 순간 나도 모르게 꽤 긴 거리를 달려왔다. 안개를 헤치고 나아가니 탐스러운 초록색 잔디가 펼쳐졌다. 싱그러운 공기가 깊은 숨을 통해 내 안으로 들어오고, 상쾌한 바람이 얼굴을 간질였다. 아, 그렇게 내 힘으로 해냈다. 이제야 여덟 살을 넘어선 기분, 내 인생이 스스로의 힘으로 한 뼘 자라난 순간이었다.

겨울나무처럼

"나무는 자기 몸으로
나무이다
자기 온몸으로 나무는 나무가 된다
자기 온몸으로 헐벗고 영하 십삼 도
영하 이십 도 지상에
온몸을 뿌리박고 대가리 쳐들고
무방비의 나목裸木으로 서서
두 손 올리고 벌 받는 자세로 서서
(······)"
_「겨울-나무로부터 봄-나무에로」*에서

* 황지우, 『겨울-나무로부터 봄-나무에로』, 민음사, 1985

몇십 년 만의 한파라는데, 한강도 얼어붙고 농작물 동사 피해도 심각하다는데, 추위라면 질색이라 며칠째 집에서 꼼짝도 않고 있는 나에게 캠핑을 가자니, 이 남자 도대체 무슨 꿍꿍이일까. 혹시 지난 연말 택시가 안 잡히니 데리러 와달라 했으나 무심히 자버린 일에 대한 복수 아닐까? 그날 새벽까지 택시 잡다가 몸이 꽁꽁 얼어붙은 채 새벽 첫차를 타고 돌아온 일을 아직도 마음에 담아둔 것은 아닐까? 어쨌든 못 간다고 버티자 새로운 설득이 이어졌다.

이번 캠핑장은 내가 오래전부터 가보고 싶어했던, 회원제로 운영되어 겨울 아니면 예약도 힘들다는, 호텔로 치면 5성급 특급 캠핑장이란다. 아무리 좋아도 얼어 죽으면 무슨 소용이람? 난로와 전기장판을 켜고 텐트 속에 있으면 별로 안 춥다, 오히려 아늑할 거란다. 밥부터 설거지며 뒷정리까지 함께 가는 남자들이 다 하겠단다. 그래도 내가 넘어가질 않자 남편은 아이들을 꼬이기 시작했다. "아빠가 눈썰매 끌어줄게, 거기 얼음낚시도 할 수 있대, 오랜만에 불꽃놀이도 하자." 아빠의 유혹에 넘어간 철없는 녀석들까지 가세한 협박과 회유 끝에 영하 10도를 넘나드는 날씨에, 두렵고 두려운 캠핑이 시작됐다.

옷을 몇 겹씩 껴입었지만 정말 추웠다. 손을 호호 불며 텐트를 펼치고 팩을 박는데, 땅이 꽝꽝 얼어버려 도무지 들어가질 않았다. 뜨거운 물을 받아와 땅에 부어 녹여가면서 팩을 고정해 겨우 잘 곳을 마련하고, 춥고 허기진 속을 달래볼까 했는데, 이번에는 부탄가스가 말썽이다. 그사이 얼어서 불을 켤 수가 없었다. 부탄가스를 소중한 보물처럼 품에 넣고 녹인 후 간신히 라면을 끓여 먹었다.

석유를 넣어 난로에 불을 지피고, 서큘레이터까지 동원해 텐트에 열기가 골고루 퍼져나가게 한 후 뜨끈한 커피를 마시니 서서히 몸이 녹기 시작했다. 대충 챙겨 와서 놀고 자는 여름 캠핑에 비해 짐도 두 배, 일도 두 배라 도대체 이게 무슨 사서 고생인가, 오늘밤을 어찌 버티나 눈앞이 캄캄해지는데 어디선가 아이들의 환호성이 들렸다.

눈이 아직 녹지 않은 숲과 캠핑장을 잇는 언덕길이 썰매장이 된 것이다. 마트에서 사온 싸구려 플라스틱 썰매가 탐탁지 않았는지 어디서 비료 포대까지 구해온 녀석들은 언덕을 오르락내리락하며 신바람이 났다. 오랜만에 만난 캠핑 메이트들은 물론, 처음 본 아이들까지 다 함께 어울리며 썰매를 끌어주고 미끄러지기 내기를 하며 눈밭을 구르는 모습이 어찌나 즐거워 보이던지. 그래, 다행이다. 너희들이라도 재미있어야지.

밤이 되어 점점 더 추워지니 모닥불의 열기가 절실했다. 평소라면 여자들은 음식 준비에 바빴을 텐데, 모두 불 주위에 들러붙어 떠날 줄 몰랐다. 얘기는 끝없이 이어지며 점점 더 진솔해졌다. 고기를 구우면 금세 식어 퍽퍽해지고, 눈 속에 묻어놓은 술은 꽝꽝 얼어버렸지만, 따끈하게 데운 정종과 갓 끓인 어묵탕은 그야말로 별미였다. 난롯가에 아이들의 장갑과 양말을 말리면서, 밤을 얹어 구우니 구수한 냄새가 퍼져나갔다. 그 옛날 단칸방에 놀러온 사촌형제들처럼 옹기종기 모여 소소한 놀이를 하는 아이들도 즐거워 보이고. 그래, 아직까지는 겨울 캠핑도 괜찮네.

전기장판을 깔고 난로를 켜고 잠이 들었지만 추위는 어쩔 수 없었다.

온가족이 침낭 속에서 부둥켜안고 서로의 체온으로 버티다가 차라리 좀 움직여보자 싶어 밖으로 나왔다. 해가 막 뜨고 있는 겨울의 새벽. 안이나 밖이나 어차피 추운 거 산책이나 해볼까. 지금 아니면 내가 언제 겨울의 자연을 살피겠어. 용기를 냈다.

찬찬히 앞을 바라보니 고즈넉한 겨울 숲도 나를 바라보고 있었다. 잔설에 새벽안개가 덮여 몽환적인 가운데, 앙상한 겨울나무들이 흐릿하게 떠올랐다. 맨몸의 나무들은 이 추위를 어떻게 견디는 것일까? 나는 몇 겹씩 옷을 껴입고도 벌벌 떨고 있는데. 이 겨울, 껍질밖에 남지 않은 저 가지 안에서는 무슨 일이 벌어지고 있기에 봄이 되면 그토록 연한 싹을 틔우고 꽃을 피우는 걸까. 남김없이 벗어 춥고 초라한 겨울나무를 보니 온몸이 으스러지도록 부르트면서, 꽃을 피우는 나무가 된다던 한 시인의 말이 시리게 다가왔다.

겨울나무는 추운 겨울을 버티기 위해 모든 수액을 안으로 당기고 보

존하여 양분을 저장하고 힘을 기른다고 한다. 세포가 얼지 않도록 스스로 마르고 누추해지면서 새싹과 꽃과 열매를 준비하는 것이다. 그렇다면 내 앞의 이 겨울나무들도 있는 그대로의 모습으로 내면을 충실하게 채우고 있겠지. 그 과정이 반복되고 나이테가 늘어나야 비로소 크고 튼실한 아름드리나무가 될 수 있겠지.

자다 깬 아이의 목소리가 새벽 찬 공기에 번져 다시 텐트로 돌아왔다. 텐트 겉과 캠핑장 주위에는 성에가 가득하고, 물병도 얼어 있었다. 이슬이 얼어붙어 잘 닦이지도 않는 어젯밤 술자리를 정돈하려니 순간 짜증도 치밀었지만, 겨울인데 당연하지, 겨울나무도 있는데, 하는 생각이 들었다. 나는 왜 사시사철 푸르고 싱싱한 나무처럼만 살려고 했을까. 내면을 충실히 하려면 약점도 그대로 드러내는 것도 필요한데. 내게 닥친 추위도 인정하는, 어쩌면 쓸쓸하나 사실은 여유로운 마음. 춥고 시린 겨울에도 그것은 얼마든지 가능하다는 것을 알았다.

다시, 얼어붙은 땅에서 팩을 빼내는 것도 고생스러웠고, 얼음물을 오랜 시간 녹여가며 밥과 찌개를 끓이는 것도 한심했으며, 눈밭에 빠진 아이들의 젖은 옷가지를 말리는 것도 귀찮았다. 하지만 한겨울 추위를 생생하게 받아들이고, 그 속에서 즐기다 왔으니 나이테 하나가 늘어난 기분이다. 게다가 얼지도 죽지도 않고 집으로 돌아간다. 아, 나 이런 사람이구나. 웬만한 추위엔 얼지도 죽지도 않는. 겪어보니 비로소 이겨낼 힘이 생긴다.

내 앞의 이 겨울나무들도 있는 그대로의 모습으로 내면을 충실하게 채우고 있겠지.
그 과정이 반복되고 나이테가 늘어나야 비로소 크고 튼실한 아름드리나무가 될 수 있겠지.

캠핑의 꽃, 맛있는 음식

캠핑 음식 레시피는 단순할수록 좋습니다. 복잡한 조리 과정 없이도 재료 본연의 맛을 느낄 수 있는 것들로 준비하고, 현장 상황에 따라 남은 재료를 활용하는 것이 실용적입니다. 지역 특산물을 맛보는 것도 좋습니다. 캠핑장 근방에서 어떤 식재료가 유명한지 살펴보고 현지 시장에서 구입하면 지역 경제에도 도움을 줄 수 있겠지요?

❶ 식료품 준비
씻고 다듬기 등 재료 손질은 집에서
캠핑장의 개수대는 공동으로 사용해야 하고, 왔다 갔다 하다 보면 시간도 오래 걸리고 번거 롭다. 채소, 생선 등은 미리 손질해가면 캠핑장에서 할 일이 반으로 줄어든다.

각종 소스나 양념장, 육수 활용하기
소스나 양념장을 가져가면 일품요리에 활용할 수 있다. 미리 준비한 육수를 얼려놓았다 가져 가면 국물요리를 할 때 매우 편리하다.

식기, 주방용품

더치오븐

캠핑용 오븐

그릴

물과 음료수는 넉넉하게 얼려 가기

야외로 나가면 집에 있을 때보다 물과 음료수를 많이 찾게 된다. 또 캠핑장 개수대의 물이 식수로 적합하지 않을 수도 있으니 물은 꼭 가져가는 것이 좋다. 음료를 미리 얼려서 가져가면 아이스박스의 보냉력도 높여준다.

아이스박스 관리하기

아이스박스는 재질에 따라 가격 차이가 큰데, 어떤 종류건 관리만 잘하면 2박 3일 정도는 보냉력이 유지된다. 해가 드는 방향을 피하고, 윗면에 은박 매트를 덮어 직사광선을 차단하고, 땅바닥 바로 위에 놓지 않도록 하자.

❷ 코펠로 밥 잘 짓는 노하우

큰 코펠에 밥을 많이 할수록 밥을 맛있게 지을 수 있습니다. 일단 밥물이 넘치면 밥맛이 떨어지니 강불보다는 중불이 적당하며, 끓기 시작하면 불을 껐다가 2분쯤 뒤에 다시 약불로 15분간 뜸을 들입니다. 코펠 크기가 넉넉하면 바로 약불로 줄여도 됩니다. 뜸은 오래 들일수록 밥이 맛있답니다. 물의 양은 압력 밥솥의 1.5배 정도로 넉넉하게 잡고, 코펠 위에 주먹만한 크기의 돌을 얹어두면 밥물이 넘치거나 증기가 새는 것을 막아 압력밥솥에 한 것처럼 밥맛이 좋아집니다.

모듬고기와 채소 구이

비어캔 치킨

❸ 추천! 캠핑용 조리 도구
코펠 세트는 필수
코펠 세트 하나면 몇 개의 냄비와 프라이팬, 가족 수에 맞는 식기와 주전자까지 해결할 수 있다.

아웃도어 쿠킹의 지존, 더치오븐
삼각대를 이용해 화로 위에 걸어놓고 쓰는 무쇠솥. 밥, 찌개, 구이, 볶음은 물론 수육과 치킨까지 할 수 있는 캠핑 요리계의 매직 셰프다.

바비큐의 즐거움, 그릴
숯을 담고 대류열을 이용해 고기를 굽는 도구. 집에서는 냄새 때문에 하지 못했던 바비큐를 즐길 수 있다. 비용과 수납이 부담스러우면 화로대에서 사용할 수 있는 일회용 그릴을 추천한다.

❹ 아빠들을 위한 캠핑 요리 간단 레시피
캠핑은 라면밖에 끓이지 못했던 남편을 변화시켰습니다. 겉모습은 투박하지만, 야외에서 남편이, 아빠가 해주는 음식은 그야말로 꿀맛입니다.

캠핑 요리의 꽃, 모듬고기와 채소 구이
재료: 돼지고기 오겹살, 목살, 소시지, 소고기 등심 등의 육류/ 버섯, 피망, 양파 등의 채소/

통삼겹 양념 바비큐

기타 구워 먹을 수 있는 재료들.
1. 캠핑 떠나기 하루 전쯤 고기에 소금, 월계수 잎 몇 장을 넣어 밑간을 한 다음 냉장실에 숙성시킨다. 함께 구울 채소도 미리 손질한다.
2. 숯불을 피워 불길이 적당히 피어오를 때, 그릴 위에 고기와 채소를 올려 굽는다.

닭 한 마리의 풍미, 비어캔 치킨
재료: 영계 한 마리, 우유, 올리브오일 4큰술, 다진 마늘, 허브솔트 또는 소금, 통후추, 캔맥주.
1. 영계는 흐르는 물에 씻은 다음 우유에 담가 누린내를 제거한다.
2. 다진 마늘과 허브솔트 또는 소금, 통후추를 영계에 골고루 발라 냉장실에 하루 동안 숙성시킨다.
3. 맥주가 1/3 정도 담긴 맥주캔에 영계를 세우듯이 꽂는다.
4. 화로대에 숯불을 피우고 맥주캔에 꽂은 영계를 얹고 20~30분마다 올리브오일을 덧바르면서 불의 세기에 따라 한 시간에서 한 시간 반 정도 가열한다.

기다리기만 하면 완성! 통삼겹 양념 바비큐
재료: 돼지고기 통삼겹 두 덩이, 쌈장 1통, 꼬치.
1. 돼지고기 통삼겹을 적당한 크기로 잘라 쌈장을 골고루 바른 후 비닐 팩에 넣어 한 시간 정도 숙성시킨다.
2. 그릴에 불을 피우고, 밑간한 고기를 올린다.
3. 그릴 뚜껑을 닫고 중간에 익었는지 확인하고, 뒤집어가면서 한 시간 정도 익힌다.

캠핑 음식 레시피는 단순할수록 좋다. 복잡한 조리 과정 없이도 재료 본연의 맛을 느낄 수 있는 것들로 준비하고, 지역 특산물을 맛보는 것도 방법이다.

4. 익은 고기를 호일로 감싸 30분 정도 두면, 육즙이 고기 전체에 고루 퍼져
풍미가 더해진다.

❺ 아이와 함께 만드는 캠핑 요리

뭐든지 아이들과 함께하는 캠핑에서 요리도 빠질 수 없지요. 엄마가 미리 재료를 손질해두
면 아이들도 간단한 것은 척척 해낼 수 있어요.

새콤달콤한 간식, 떡꼬치

재료: 떡볶이 떡, 나무꼬치, 고추장 1큰술, 케첩 2큰술, 꿀 3큰술, 다진 마늘 약간.

1. 분량의 재료로 소스를 미리 만들어 밀폐용기에 담아간다.
2. 떡볶이 떡을 뜨거운 물에 한 번 데쳐 부드럽게 한다.
3. 떡을 꼬치에 끼운다.
4. 달군 팬에 기름을 두른 후 꼬치를 뒤집으며 골고루 구운 다음 소스를 바른다.

럭셔리 간식, 고르곤졸라 토르티야 피자

재료: 토르티야, 고르곤졸라 치즈, 모차렐라 치즈, 어린잎 채소, 꿀 약간.

1. 기름을 두르지 않은 팬에 토르티야를 올린 후 약불에서 앞뒤로 살짝 굽는다.
2. 구운 토르티야에 고르곤졸라 치즈를 약간 뿌리고, 모차렐라 치즈는 밖으로 흘러나오지
않을 정도로 넉넉하게 뿌린다.
3. 팬의 뚜껑을 닫고 약불에서 치즈가 녹을 때까지 굽는다.
4. 어린잎 채소를 올리고, 꿀을 찍어 먹는다.

뉴질랜드로 캠핑을 떠나다

　세상에 남은 마지막 낙원이라는 찬사를 들을 정도로 자연이 아름다운 나라, 뉴질랜드. 우리 가족이 그곳에 간 이유는 순전히 캠핑카, 즉 캠퍼밴 때문이었다. 좀 더 솔직히 말하면 아이들을 데리고 조금이라도 편하게 해외 여행을 해보고 싶기도 했다. 아침마다 아이들 억지로 깨워 급하게 조식 먹이고, 하루 종일 관광 코스를 돌고, 마지막으로 쇼핑센터까지 찍고 오는 패키지 여행은 그다지 즐겁지 않았다. 취향에 맞는 숙소를 직접 구하고, 독특한 풍미의 현지 음식을 즐길 수 있는 자유 여행은 재미있긴 했지만, 아이들은 버거워했다. 어른들의 일정과 계획에 끌려다니는 여행이 아니라, 놀고 싶으면 놀고, 머무르고 싶으면 머무를 수 있는, 온전히 아이들의 리듬에 맞춘 여행을 한 번쯤 선물해주고 싶었다. 그래서 뉴질랜드로 떠났다.

　뉴질랜드 캠퍼밴 여행은 무척 만족스러웠다. 우선 캠퍼밴 자체가 아이들에겐 충분히 특별했다. 침대와 부엌과 화장실이 다 딸린 차라니! 여자아이들에게 인기 있는 장난감 중에 플라스틱 가방 안에 가구며 살림살이가 올망졸망 들어 있는 '가방집'이라는 것이 있는데, 아이들은 마치 그 속의 활짝 웃는 인형이 된 듯, 캠퍼밴 안에만 들어가도 행복해했다. 매일매일이 소꿉놀이였다.

베이 오브 아일랜드

로토루아

어른들도 한결 여유가 생겼다. 숙소 구하고 식당 찾는 수고를 덜었고, 차가 있으니 이동도 효율적이었다. 무엇보다 잠든 아이들을 깨우지 않고 그대로 출발할 수 있고, 장거리 이동 시 아이들이 편하게 쉴 수 있다는 점이 가장 좋았다. 식사도 입맛과 컨디션에 따라 조절할 수 있으니 낯선 음식을 먹고 배탈이 날 위험도 줄었다. 단점이라면 잘 때 차림새 그대로 여행지를 돌아다니거나, 캠핑장이 너무 편하고 재미있어서 시내 관광은 작파하게 된다는 것 정도랄까.

캠퍼밴만 있으면 마음에 드는 곳은 어디든지 캠핑장이었다. 햇빛에 반짝이는 호수의 찰랑임, 태곳적 신비를 간직한 바다, 끝없이 펼쳐지는 초록 언덕과 그 속을 평화롭게 거니는 양떼들 사이. 어디든 마음 가는 곳에 차를 세운 다음 커피를 끓이고, 음악을 들으며 쉬고 있노라면 내가 자연인지 자연이 나인지 알 수 없었다. 마음이 이끄는 대로 움직이고, 스스로 대자연의 일부가 될 수 있었다.

사실, 우리 가족은 그때 어려운 시간을 보내고 있었다. 나는 엄마를 떠나보냈고, 아이는 낯선 학교생활에 힘들어했으며, 남편은 회사생활에 숨이 막힌 상태였다. 각자 알아서 자신의 짐을 견디는 것이 가족을 위하는 일이라 여겼기에, 서로에게 도움을 청하지 못했다. 집에서조차 우리는 각자의 의무감에 짓눌려 있었다. 연약함을 들킬까 봐 두꺼비처럼 몸을 한껏 부풀리고 있다가 터지기 직전까지 갔던 아슬아슬한 순간. 과감히 뉴질랜드로 여행을 떠나 비로소 있는 그대로의 자신을 내보이고 받아들이는 것이 사랑임을 느낄 수 있었다.

꼬박 스무 날을 네 식구가 붙어 있었다. 어느 날은 신나게 놀았고, 어느 날은 온종일 운전을 했다. 어느 날은 바람처럼 쏘다녔다. 피곤하다

우리는 행복했다. 이곳에서 '가족'이라는 말은 명사가 아니라, '바로 지금 눈앞의 서로에게 충실하게 움직이다'라는 뜻의 동사, '다양한 방법으로 함께 즐거운' 상태를 나타내는 형용사였다.

싶으면 무리하지 않고 충분히 쉬었다. 그날그날 상황과 컨디션에 맞춰 머리를 맞대고 상의해 일정을 짰다. 유명 여행지에 가지 않아도, 목적지에 도착하지 못해도 상관없었다. 발걸음 닿는 곳마다 아름다웠고, 가족이 함께 정한 곳이기에 어디든 좋았다.

　루아카카, 하루루 폭포, 베이 오브 아일랜드, 오포노니, 무리와이 비치, 로토루아……. 찬란하게 아름다운 풍경 속에 우리도 자연스레 녹아들었다. 모든 풍경에 가족이 담겨 있었다. 에메랄드빛의 맑은 호숫가에는 중년의 부부들이 앉아 담소를 나눴다. 들꽃처럼 나이 든 노인들은 낚시를 하거나 책을 읽었다. 아이들은 개와 함께 물놀이를 즐겼다. 공기 속으로 까르르 번지는 아이들의 웃음소리는 전염성이 강해 자꾸만 함께 웃게 되었다. 바닷가에 가면 서핑을 하거나, 삼삼오오 모여 일

광욕을 하는 젊은이들, 반짝이는 모래 속에 몸을 파묻은 아이들과 이를 흐뭇하게 바라보는 부모들 곁에서 우리는 행복했다. 이곳에서 '가족'이라는 말은 명사가 아니라, '바로 지금 눈앞의 서로에게 충실하게 움직이다'라는 뜻의 동사, '다양한 방법으로 함께 즐거운' 상태를 나타내는 형용사였다.

캠핑의 천국, 뉴질랜드

뉴질랜드는 캠핑의 천국이라더니 정말 어딜 가든 캠퍼밴을 볼 수 있었다. 도심 외곽으로 가면 지나다니는 차의 3분의 1 정도가 캠퍼밴이며, 캠핑장 시설도 잘 갖춰져 있다.

"이 정도 위치면 별 다섯 개짜리 특급 호텔이 들어서야 되는 거 아닌가? 뉴질랜드 사람들 사업 참 못 하네."

이런 농담이 절로 나올 정도로 절경이 펼쳐진 자리에 캠핑장이 들어서 있고, 시설 역시 리조트 못지않다. 쉬고 싶은 날은 일찌감치 캠핑장에 자리를 잡고, 아이들은 놀이터와 수영장에서 놀았다. 해가 지면 저녁 식사를 하며 옆의 가족들과도 자연스럽게 이야기를 나누곤 했다. 캠핑장에서 출퇴근을 하며 틈틈이 낚시, 수영, 보드를 즐긴다는 가족, 아홉 명의 자녀를 대동하고 다니던 마오리족 남자, 한국인 아이를 입양해 키운다던 미국인 부부, 대학 입학시험을 마치고 1년째 세계 여행 중이라는 스웨덴 꽃미남들. 모든 만남이 유쾌했지만, 특히 곳곳에서 만난 노인들이 인상적이었다.

처음 캠퍼밴을 인수하는 자리에서도 한 할머니가 눈에 들어왔다. 캠퍼밴의 사용법을 확인하고 보험부터 안전까지 이모저모 체크하느라 분주하고 열띤 그곳에서 머리가 하얗게 센 할머니가 돋보기를 쓰고 가이드북을 보고 있었다. 할머니는 곧 알록달록한 셔츠를 입은 멋쟁이 할아버지와 함께 트럭처럼 커다란 캠퍼밴을 인수하더니 유유히 떠나갔다. 놀랍게도 운전은 할머니가 했다.

그 후 여행하는 노부부들을 종종 만났다. 캠퍼밴으로 개조한 차를 타고 여행하며 생활하는 사람들이 많았다. 게닛(북방 가마우지) 떼가 환상적이었던 무리와이 비치에서 직접 낚은 물고기를 구워 나눠주던 할아버지는 사는 것이 즐겁기 짝이 없다는 표정이었다. 인생의 고비와 절정을 힘껏 넘긴 이들에게 찾아오는 순수한 즐거움이란 그런 것일까.

고작 마흔의 문턱에서 무기력에 시달리고 있던 내게 그들은 "인생의 주인이 되기에 늦은 때란 없다. 힘차게 시작만 하면 된다"라고 말해주었다. 여행을 떠나 각양각색의 모습으로 살아가는 사람들을 만나면서 우리 가족은 많이 바뀌었다. 일단 더 이상 타인에게 내가 어떻게 보일지 신경 쓰지 않게 됐다. 시원한 바람을 맞으며 근사한 풍경 속을 달리면 심장 한쪽이 따뜻해지는 느낌이었다. 그렇게 먼 곳을 돌아 다른 삶들을 곁눈질하고 돌아오니, 내 안을 들여다볼 용기와 지혜가 생겼다. 현실은 여전히 조금 초라하고 지루하기도 하지만, 일상에 생기를 불어넣는 것은 오로지 내 몫이라는 것을 깨달았다. 살아가는 동안 결코 잊을 수 없는 장면들은 더 세심하게 지켜보고, 차분히 귀를 기울이고, 생생하게 맛볼 때에 찾아왔다. 소박하고도 아름다운 풍경들을 담아왔으니, 이제 나의 세상은 잠시 평화로워질 것이고 조금 더 사랑스러워지겠지.

움직이는 우리 집, 캠퍼밴

캠퍼밴은 화장실의 유무, 침실의 유형에 따라 그 종류가 매우 다양합니다. 가족 여행을 간다면 화장실과 주방 시설이 다 갖춰진 4인승이 적당합니다. 우리는 마침 프로모션 기간이라 6인승을 사용했는데, 캠퍼밴 앞쪽으론 식탁으로 변신 가능한 2인 침대가 있고, 운전석 위로 다락방 형태의 2인용 침대가 추가로 있었습니다. 차량 뒤편에는 가스레인지, 전자레인지, 냉장고, 싱크대가 있고, 머리 높이에 수납장이 있어서 짐을 보관하기에도 충분했습니다. 특히 장거리 주행을 할 때 차 안에 화장실이 있어서 무척 편리했는데, 비치된 약품을 넣으면, 냄새도 나지 않고 오물이 분해되기 때문에 위생적으로 사용할 수 있습니다.

캠퍼밴 예약하기

캠퍼밴은 해외 사이트에서 직접 예약하거나, 국내 대행사를 통해 예약할 수 있습니다. 가격 차이가 크지 않으니 편한 쪽을 이용하면 됩니다. 고장을 염려해 최신 기종을 선택하는 경우가 많은데, 새차가 아니더라도 정비나 보험이 잘되어 있으니 지나치게 걱정할 필요는 없습니다. 오히려 연식에 따라 가격 차이가 크기 때문에, 조금 오래된 차를 빌리는 것이 경제적입니다. 떠나기 전 여행사나 캠퍼밴 홈페이지에 있는 안내 동영상을 보며 캠퍼밴의 구조 및 시설, 장치 등에 대해 숙지해두는 것이 좋습니다.

캠퍼밴 여행 국내 대행사
IML 투어즈 www.campervan.co.kr
혜초 여행사 www.hyecho.com

뉴질랜드에서 운전하기

뉴질랜드의 자동차 주행 차선은 왼쪽 방향이며, 운전석은 오른쪽입니다. 처음엔 조금 어색하지만 한 시간 정도면 익숙해집니다. 주로 운전을 했던 남편에 따르면, "중앙선을 오른쪽 겨드랑이에 끼고 간다"라는 기분으로 하면 쉽다고 하네요. 차선이 반대인 만큼 우회전을 할 때 꼭 신호를 확인해야 합니다. 한국처럼 우회전을 하면서 우측 차선을 타면 역주행을 하는 셈이니 각별히 주의해야 합니다.

야간 운전도 조심할 점이 많습니다. 외곽도로는 대부분 가로등이 없어서 시야 확보가 어렵기 때문에 행여나 로드킬이 일어나지 않도록 신경 써야 합니다. 네비게이션은 영어로 안내되는데, 'Left, Right, Straight' 정도만 이해하면 충분합니다.

캠퍼밴의 호텔, 홀리데이파크

뉴질랜드 캠퍼밴 여행의 가장 큰 장점은 리조트식 캠핑장, '홀리데이파크(H. P)'를 편하게 이

용할 수 있다는 것입니다. 뉴질랜드 전역에 걸쳐 대형 프랜차이즈 홀리데이파크나 사설 캠핑장이 잘 갖춰져 있는데, 따로 예약하지 않아도 저렴한 비용으로 숙박을 해결할 수 있어서 무척 편리했습니다.

홀리데이파크에는 캠퍼밴에 물과 전기를 공급하는 시설, 공동주방, 화장실, 샤워실 등이 잘 갖춰져 있습니다. 그 밖에도 수영장 및 다양한 놀이 시설을 완비하고 있는 곳이 많아 아이들을 데리고 편안하게 쉴 수 있습니다.

Top10 홀리데이파크 www.Top10.co.nz
Kiwi 홀리데이파크 www.kiwiholidayparks.com

우리 가족 베스트 홀리데이파크
엄마가 좋아했던 하루루 폭포 홀리데이파크 Haruru Fall Holiday Park
숲과 호수, 바다가 만나는 아름다운 풍광을 즐기며 여유롭게 카약을 탈 수 있다.

아빠가 좋아했던 무리와이 홀리데이파크 Muriwai Holiday Park
야생 게넛 떼와 검은 모래 해변, 오래된 숲이 조화를 이룬 뉴질랜드의 국립공원.

하루루 폭포 H. P

무리와이 비치 H. P

오포노니 H. P

블루 레이크 H. P

아들이 좋아했던 오포노니 홀리데이파크Opononi Beach Holiday Park

거대한 트램펄린이 있고, 캠핑장 곳곳에서 염소들이 뛰어놀아 아이들이 무척 즐거워했다.

딸이 좋아했던 블루 레이크 홀리데이파크Blue Lake Holiday Park

로토루아 인근에 있는 곳으로, 거대한 놀이터와 수영장이 있고, 반딧불이 체험을 할 수 있다.

뉴질랜드 북섬, 행복했던 여행지들

뉴질랜드 남섬은 장엄한 설산과 빙하가 멋지고, 북섬은 깨끗한 자연 환경과 다양한 문화가 공존하고 있는 모습이 인상적입니다. 아이들과 함께 뉴질랜드 여행을 간다면 눈으로 보는 것뿐만 아니라 몸으로 직접 경험할 것이 많은 북섬을 추천합니다.

천혜의 휴양지, 베이 오브 아일랜드Bay of Islands

북섬의 파이히아, 러셀 등의 도시와 150여 개의 섬을 아우르는 휴양지. 배를 타고 바다로 나가 돌고래를 만날 수 있고, 투어를 하면서 중간중간 작은 섬들에서 여유롭게 쉴 수 있다.

베이 오브 아일랜드

나화 온천

로토루아

와이토모 반딧불이 동굴

마오리족 건강의 비결, 나화 온천 Ngawha Hot Spring
노스랜드 지역에 있는 마오리족의 전통 온천. 시설은 소박하지만 저렴한 가격으로 최고 수질의 온천을 즐길 수 있다.

숲의 정령이 살아 숨 쉬는 곳, 와이포우아 숲 Waipoua Forest
수령 1,300~2,500년으로 추정되는 거목들의 숲. 뉴질랜드에서 가장 크고 오래된 나무들이 신비로운 기운을 내뿜는다.

마그마의 도시, 로토루아 Rotorua
도시 전체에 유황 냄새가 가득한 화산의 도시. 펄펄 끓는 간헐천과 전통 마오리 쇼, 양털 깎기 쇼, 스릴 넘치는 루지 체험까지 할 수 있는 뉴질랜드 북섬의 핵심 관광 명소.

반짝반짝 빛나는 신세계, 와이토모 반딧불이 동굴 Waitomo Glowworm Cave
세계 8대 불가사의 중 하나로, 보트를 타고 동굴로 들어가서 어둠 속 가득 반짝이는 반딧불이들을 볼 수 있다.

고마워, 캠핑

아이를, 남편을, 나를 바꿔준 우리 가족 힐링 캠핑

ⓒ 조윤주, 2014

초판 인쇄	2014년 7월 4일
초판 발행	2014년 7월 11일

지은이	조윤주
펴낸이	정민영
책임편집	권한라 주상아
디자인	백주영
마케팅	이숙재
제작처	미광원색사(인쇄) 한영문화사(제본)

펴낸곳	(주)아트북스
브랜드	앨리스
출판등록	2001년 5월 18일 제406-2003-057호
주소	413-120 경기도 파주시 회동길 216 2층
대표전화	031-955-8888
문의전화	031-955-7977(편집부)	031-955-3578(마케팅)
팩스	031-955-8855
전자우편	artbooks21@naver.com
트위터	@artbooks21
페이스북	www.facebook.com/artbooks.pub

ISBN	978-89-6196-173-8 03810

· 값은 뒤표지에 있습니다.
· 잘못된 책은 구입하신 서점에서 교환해 드립니다.
· 이 도서의 국립중앙도서관 출판시도서목록(CIP)은 서지정보유통지원시스템 홈페이지(http://seoji.nl.go.kr)와 국가
자료공동목록시스템(http://www.nl.go.kr/kolisnet)에서 이용하실 수 있습니다.
(CIP제어번호: CIP2014019910)